Kai Weyand

Die Entdeckung der Fliehkraft

Roman

WALLSTEIN VERLAG

Karl drückte den Homebutton seines Smartphones, und die Uhrzeit leuchtete auf. Es war kurz nach acht. Um zehn musste er im Gefängnis sein. Es war nicht immer so gewesen, dass er als erstes nach dem Aufwachen auf sein Smartphone blickte, um die Uhrzeit zu checken. Früher hatte er zuerst nach Lydia geschaut. Das machte er jetzt als zweites. Und es war nicht so, dass ihm nicht klar war, dass das, was einmal nach hinten gerutscht, in seinem Rutschen kaum noch aufzuhalten war. Was einmal Zweites geworden, wurde irgendwann Drittes und dann Viertes, und ab da war es dann im Grunde egal. Der Platz im Bett neben ihm: leer. Karl legte die Hand dorthin, wo noch vor kurzem seine Frau gelegen hatte. Er spürte die Wärme, die noch im Bettlaken steckte. Noch immer verströmte sie eine Behaglichkeit von zugefallenen Augen und müden Gliedern. Dennoch: Es war eine verlassene Behaglichkeit. Für Karl eine einsame. Einsame Behaglichkeit, ein Begriff, den er mit seinen Jungs im Knast diskutieren könnte, dachte Karl. Der Knast war Heimat für viele Begriffe, die aus der Balance geraten waren.

Irgendwann war Karl bewusst geworden, dass er immer öfter morgens aufwachte und den Platz im Bett neben sich verwaist vorfand. Als Jugendlicher hatte er sich oft gefragt, worin der Unterschied zwischen verliebt sein und Liebe besteht, woran man merkt, ob man verliebt in jemanden ist oder jemanden liebt. Inzwischen hielt er es für möglich, dass es sich folgendermaßen verhielt: Wenn man verliebt ist, startet man zusammen in den Tag, und wenn man liebt, bemüht man sich, den Tag wenigstens zusammen zu beenden. Jedenfalls ist es doch so, dass eine Silbe verloren geht, wenn das Verliebtsein geht und die Liebe kommt. Und die Wahrheit lautet: Einsam wird nur, wem etwas verloren gegangen ist.

Karl hatte fast anderthalb Stunden Zeit, bevor er sich auf den Weg machen musste. Es gab noch keinen Grund aufzustehen. Linus übernachtete bei einem Nachbarskind. Lydia würde ihn später abholen. Karl rieb seine Handfläche über das noch warme Laken neben sich und fragte sich, was er machen würde, wenn Lydia jetzt noch neben ihm läge. Würde er ihre Hand greifen, sie küssen, Dinge machen, von denen er noch vor wenigen Jahren geglaubt hatte, sie jeden Morgen tun zu wollen?

Im nächsten Jahr würde Linus in die Schule kommen. Karl überlegte, ob sich in der Beziehung zwischen Lydia und ihm etwas grundlegend geändert hatte, seit Linus auf der Welt war. Kaum hatte er den Satz gedacht, empfand er ihn schon als falsch und ärgerte sich, dass er ihn so leichtfertig formuliert hatte. Zwar war er grammatikalisch korrekt, und kaum ein Mensch würde ihn als falsch einordnen, aber Karl störte die Präposition auf. Linus sollte nicht auf der Welt, sondern in der Welt sein. Jeder lebende Mensch sollte in der Welt sein und mit dem Tod aus ihr heraustreten. Auf der Welt zu sein, schien ihm nicht wirklich wünschenswert. Man ging ja auch in die Küche und nicht auf die Küche, da es sich in der Küche besser kochen ließ als auf der Küche. Insofern ließ es sich in der Welt besser leben, als auf der Welt.

Als sehr in der Welt verankert empfand er das Klappern von Geschirr, und es würde ihn nicht wundern, wenn gleich das Klappern von Geschirr aus der Küche zu ihm dringen würde. Lydia verschwand nicht nur sehr früh morgens aus dem Bett, sondern sie fing dann auch gleich an, die Spülmaschine auszuräumen. Es gibt Geräusche, die erzählen noch von etwas anderem als vom Eigentlichen. Das Ausräumen der Spülmaschine zum Beispiel erzählte Karl, dass man Vorwürfe auch durch das Verräumen des Geschirrs formulieren konnte. Jeder Teller, jede Tasse ein Schlag, der durch die Küchenschränke hindurch auf seine Magengrube zielte, um ihn daran zu erinnern, dass SIE die Spülmaschine ausräumte, während ER im Bett lag: Hier der Teller, den ICH ausräume, während DU im Bett liegst, WUMMS, und noch einer, BUMMS, und jetzt die Tasse RUMMS, und eine Links-Rechts-Kombination Teller, Tasse, RUMMS, BUMMS, und hier die Salatschüssel, die ist einen Leberhaken wert: mit Schmackes BUMM, BUMM.

Knockout, noch bevor der Besteckkasten dran war.

Im Grunde fing der Tag mit zwei Fehlern an: ein halb leeres Bett und die Spülmaschine, die auch der Staubsauger sein konnte. Die Gefahr war nicht gering, dass ein dritter Fehler folgte. Den Gesetzen der Logik folgend, wäre das das Plausibelste. Wenn Karl nicht aufpasste, konnte das leicht auf einen Tag voller Fehler hinauslaufen. Bedauerlicherweise gab es von diesen auf der Erde schon mehr als genug, und wenn er einen weiteren hinzufügen würde, wäre es nicht so, dass dieser dazu beitragen würde, einen Mangel zu beseitigen. Karl hatte den Eindruck, dass es sehr, sehr viele Menschen gab, die den Tagen Fehler anhefteten. Sekunde für Sekunde, Minute für Minute, Stunde für Stunde. Wenn er nicht zu denen gehören wollte, musste er jetzt das Richtige tun.

Durch den Vorhang vor dem Schlafzimmerfenster fiel Sonnenlicht, gleich darauf verschwand es wieder, ein kühler Luftzug drang durch das gekippte Fenster und blähte den

Vorhang auf. Karl konnte den Himmel nicht sehen, aber der Wechsel von Licht und Schatten, der sich im hellgrünen Vorhangstoff widerspiegelte, versicherte ihm, dass der Kampf am Himmel noch nicht entschieden war. Er hoffte, dass es wenigstens nicht regnen würde, zumindest nicht, wenn er mit dem Fahrrad unterwegs war. Er erinnerte sich, dass er einmal auf dem Weg ins Gefängnis in ein Gewitter gekommen und bis auf die Unterhose nass geworden war. Karl hatte geflucht. Insbesondere den Regen verdammt, aber auch die zu langsam trocknende Baumwolle, dann den Tag überhaupt, der schon nass gewesen war, als noch keine Regenwolke am Himmel gestanden hatte, und auch das Leben im Großen und Ganzen in seine Flüche miteinbezogen. Daraufhin hatte ihm ein Wärter empfohlen, vor Zeugen einen Mord zu begehen, dann müsste er sich über Jahre hinaus keine Gedanken mehr ums Wetter machen, viele Jahre säße er dann im Trockenen. Obwohl Karl der Witz von kleinem Geist zu sein schien, hatte er gelächelt, auch, weil er nicht hochnäsig wirken wollte. Er kannte viele Menschen, die sich für einen großen Geist hielten, obwohl sie das Wort Geist im besten Fall für einen Schnaps hielten. Und obwohl Karl dem Wärter versucht hatte zu signalisieren, dass er bereit war, diesem doch im Grunde bescheidenen Witz eine gewisse Humorsubstanz zuzugestehen, merkte er, dass der Wärter mit seinem Lächeln nicht zufrieden war, dass er offensichtlich der Meinung war, sein Witz hätte mehr als ein Lächeln verdient. Für Karl ein Grundübel: dass jeder glaubt, er habe mehr verdient.

Mit Schwung sprang Karl aus dem Bett, er wollte jetzt für seinen Tag kämpfen. Er streckte sich, machte ein paar angedeutete Boxschläge, zog die Vorhänge zur Seite und murmelte halblaut vor sich hin, dass ein Anfang noch nichts über das Ende verrate. Mehrere Autos fuhren auf der Straße

Richtung Westen. Karl wohnte mit seiner Familie an einer Einbahnstraße, was den Autoverkehr erträglich machte. Das Schöne an Einbahnstraßen war, dass man sich der Illusion hingeben konnte, dass Autos immer nur wegfuhren, aber nie ankamen. Auf dem Gehweg sah er Frau Kircheisen mit Homer spazieren. Auf den ersten Blick merkte man Homer nicht an, dass er anders war. Erst auf den zweiten Blick fiel auf, dass die Harmonie seiner Gesichtszüge einer Ordnung unterlagen, die einen stutzen ließ. Sein Mund war klein, die Oberlippe sehr dünn und manchmal hatte Karl den Eindruck, als würden Homers Augen die Welt aus einem anderen Winkel erfassen. Aber er war sich unsicher, ebenso, ob Homer kleinwüchsig war. Ihm kam es so vor, als wäre Homer in noch einer anderen Welt zu Hause, als nur in der hiesigen, und das gefiel ihm.

Homers Stimme war selten in der richtigen Geschwindigkeit. Oft sprach er zu schnell, so als wäre seine Stimme auf der Überholspur, und tatsächlich kam es vor, dass er seine Gedanken überholte und dann plötzlich anfing zu stottern, so als würgte er gleich den Motor ab. Zudem sprach er sehr laut, als wären seine Stimmbänder aufgebohrt, wie bei einem Auto der Auspuff. Die Melodien seiner Sätze waren ein Suchen und Finden, und nicht immer fanden sie das Richtige. Manchmal wurde die Melodie einer Frage gefunden, wenn der Tonfall einer Aussage gesucht war und manchmal war es umgekehrt. Doch das alles hinderte Homer nicht am Reden, im Gegenteil, Homer redete gern. Karl freute sich jedes Mal, wenn er ihn traf. Bei Licht besehen, sah man nur noch wenige Menschen mit Behinderung auf der Straße. Dafür immer mehr Menschen, die sich bemühten, perfekt zu erscheinen. Das wiederum kam Karl irgendwie krank vor. So als würde man sich verkleiden, aber nicht wollen, dass jemand merkt, dass man verkleidet war.

Im Grunde glaubten viele Menschen, eine Behinderung sei schlimmer als eine Krankheit. Dabei war es umgekehrt. Karl hatte oft das Gefühl, dass Homer einem zeigte, die Welt könnte ganz anders sein. Karl hielt das nicht für die unsinnigste Betrachtungsweise.

Seit geraumer Zeit hatte Homer immer einen Toten im Gepäck. Beim letzten Mal einen Metzger.

»Wie stirbt ein Metzger?«, hatte er Karl gefragt, mit einer Stimme, bei der man immer das Gefühl hatte, Homer befinde sich im Stimmbruch.

»Ich weiß nicht«, hatte Karl geantwortet, aber fieberhaft nach einer Redewendung gesucht, die den Tod eines Metzgers zum Thema hat. Leider kamen ihm nie redewendungsgeeignete Bilder in den Kopf, sondern nur solche, die aus mittelmäßigen Fernsehkrimis stammten. So auch diesmal. Er sah einen Metzger im Kühlhaus, erschlagen von einer blutenden Rinderhälfte, die am Fleischerhaken von der Decke baumelte.

Karl zuckte mit den Schultern.

»Kommt nix mehr?«, fragte Homer und wippte ungeduldig von einem Fuß auf den anderen.

»Ich habe keine Ahnung«, sagte Karl, »vielleicht stranguliert er sich mit einer Wurst?«

Homer schaute fragend zu seiner Mutter, und Karl bedauerte, das Wort stranguliert benutzt zu haben. Sie schüttelte den Kopf, und auch Homer schüttelte den Kopf. »Kommt also nix mehr. Wie immer«, fügte er nach einer kurzen Pause hinzu.

Karl zuckte entschuldigend mit den Schultern.

»Metzger«, rief Homer plötzlich, »der Metzger springt über die Klinge. Ist doch klar, Metzger, Klinge, oder?« Er sah zu seiner Mutter, Frau Kircheisen, die nickte und wiederholte: »Das ist klar, Homer.« Sie legte ihre Hand auf seinen Rücken, als wollte sie ihn beruhigen. Karl kannte das. Wenn Frau Kircheisen Homers Ansicht nicht bestätigte, wurde er diskussionsfreudig. Und seine Freude hielt so lange an, bis endlich alle zustimmten, dass klar war, was Homer schon längst gewusst hatte.

»Der Metzger springt über die Klinge.« Karl schlug sich theatralisch gegen die Stirn. »Das hätte ich wirklich wissen können«, murmelte er.

Homer streckte ihm die Hand entgegen, um sich zu verabschieden. Zur Begrüßung hob Homer einfach nur die Hand, aber zum Abschied reichte er sie immer.

»Auf Wiedersehen«, sagte er.

»Auf Wiedersehen, Homer«, erwiderte Karl. Dann zog Homer mit dem Zeigefinger ein Augenlid herunter und murmelte: »Mach keinen Scheiß, Alter.«

»Neuer Film?«, frage Karl, und Frau Kircheisen nickte, lächelte Karl entschuldigend an, dann ging sie mit Homer weiter.

Es war kein Fehler, den Tag mit Homer zu beginnen.

Karl fiel ein Auto vom städtischen Umweltamt auf, das gerade rückwärts einparkte. Ein Mann und eine Frau stiegen aus, beide trugen Aktentaschen, der Mann in der rechten Hand, die Frau hatte sie sich über die Schulter gehängt. Sie gingen in das Haus gegenüber, und Karl fragte sich, was das städtische Umweltamt in einem Mehrfamilienhaus zu suchen hatte. Im Grunde wusste er überhaupt nicht, worum sich ein Umweltamt konkret kümmerte. Bei Umwelt dachte man doch an irgendwas mit Bäumen, irgendwas Grünes oder etwas, das mal grün gewesen war, aber sie würden ja in dem Haus kaum nach verwelkten Zimmerpflanzen gucken. Er hatte mal von einer zu hohen Nitratbelastung auf Äckern und Wiesen gelesen, aber wenn deshalb das Leitungswasser belastet wäre, würde sich das ja auf viele Häuser beziehen und nicht nur auf ein einziges. Wenn er die Frage, was ein Umweltamt tue, seinen Schülern stellen würde, würden drei Viertel aller Finger nach oben schnellen, vermutete Karl, und alle würden als Antwort geben, das Umweltamt kümmere sich um die Umwelt. Und es wäre eine dieser vielen Antworten, die nicht falsch wären, einen aber weder klüger noch glücklich machten. Karl hatte die Erfahrung gemacht, dass viele Menschen Fragen nicht einfach beantworteten, sondern vor allem darüber nachdachten, ob die Antwort sie als dummen Menschen erscheinen ließ. Vor lauter Sorge als dumm angesehen zu werden, vergessen viele Menschen, dass auch die Möglichkeit besteht, klug oder gar aufregend zu wirken.

Karl sah eine der Hauptaufgaben als Lehrer darin, den Anteil an Antworten zu reduzieren, die keine Antworten waren, sondern unnötiger CO_2-Ausstoß. Am Ende des Tages war jede dumme Antwort eine Klimasünde. In der Schule lernte man früh, dass es besser war, eine dumme Antwort zu geben, als gar keine Antwort, weil man so immerhin zeigte, dass man die Frage gehört hatte, und das konnte einen schon in hellem Licht strahlen lassen. Im Grunde sollte man Schulstunden einführen, in denen nur gefragt und keine einzige Antwort gegeben werden durfte, dachte Karl. Das würde zwar den Ausstoß an CO_2 nicht reduzieren, aber den an Dummheit.

Er wünschte sich, dass Lydia jetzt zu ihm käme, ihn umarmen und eine Zeitlang mit ihm am Fenster stehen würde. Aber er wusste, dass Lydia es ihm nicht abnehmen würde, für seinen Tag zu kämpfen. Er atmete tief durch, streckte sich und ging dann die Treppe hinunter. Durch die offene Tür sah er seine Frau an der Spüle stehen, mit dem Rücken zu ihm. Er hörte das Wasser laufen, keine Bewegung ließ erkennen, dass sie ihn bemerkte. Vorsichtig schlich er sich von hinten an, und als er fast in Reichweite war, schnellte er nach vorne und umarmte sie schwungvoll. Er mochte ihren Körper, dieses Versprechen von geborgener Fülle. Einmal hatte er ihr gesagt, ihr Körper fühle sich an wie ein Nachhausekommen. Nachhausekommen, hatte sie sehr langsam wiederholt und dann süffisant gesagt, dass das nach einer richtig heißen Braut klinge.

Aber nach Hause kommt man doch gerne, hatte er geantwortet und, schon bevor die Worte sich in ihrer ganzen Unbeholfenheit vollständig ausgebreitet hatten, gemerkt, dass ihn jedes weitere Wort in Lydias Augen sehr, sehr wenig begehrenswert werden ließ. Es war ihm inzwischen selbst fast so vorgekommen, als habe er sich seine Muskeln weich geredet.

Erschrocken und erbost über die unerwartete Berührung drehte sie sich zu ihm um, aber bevor sie ihrem Ärger Luft verschaffen konnte, drückte er ihr die Lippen auf ihren Mund.

»Guten Morgen, meine Liebe.«

»Bist du verrückt, du erschreckst mich zu Tode.« Er spürte ihre Hände auf seinen Hüften, ihn eher wegdrückend denn seine Umarmung erwidernd.

»Guten Morgen«, wiederholte er. In ihren Augen sah er etwas Gefangenes, es war nichts Leichtes, und er vermutete, dass es das war, was auch er schon wahrgenommen hatte: der nachlässig über den Stuhl geworfene Pullover, der von der Lehne zu rutschen drohte. Die zerfledderten Zeitungen von gestern und vorgestern, die er vorgegeben hatte noch lesen zu wollen, was er aber doch nicht getan hatte, und wozu er wahrscheinlich auch heute nicht kommen würde, wie Lydia bereits gestern vermutet hatte, da mit dem heutigen Tag ja noch eine weitere Zeitung dazu käme. Die Tüte, die halb aus der Truhe hing, weil es ihm zu mühsam gewesen war, sie richtig hineinzustopfen und er geglaubt hatte, sie sowieso bald wieder zu gebrauchen. Die Socken, die er auf der Stange für die Küchenhandtücher zum Trocknen aufgehängt hatte, weil er in die Wasserlache getreten war, die Linus beim Versuch, ein Glas Wasser an den Tisch zu bringen, verursacht hatte. Und schon darüber hatte er sich mit Lydia in die Wolle bekommen, weil sie ihm vorgeworfen hatte, dass er das Glas viel zu voll eingeschenkt und Linus zusätzlich mit Fragen bombardiert habe, so dass der sich gar nicht auf das Glas Wasser habe konzentrieren können. Und die Pfanne stand auch noch auf dem Herd, in der er sich gestern Abend zwei Eier gebraten hatte. Es war nicht so, dass er sich nicht erinnerte, sich fest vorgenommen zu haben, heute Morgen vor Lydia aufzustehen, um Ordnung zu schaffen.

»Du musst nichts sagen«, sagte Karl, »ich sehe alles. Und es ist nicht so, dass es mir nicht leid tut. Aber«, fügte er hinzu, »man sieht auch oft genau das, was man sehen will.«

»Wenn du wenigstens auf deine Lebensweisheiten verzichten würdest, die machen alles noch viel schlimmer.« Karl wusste, dass er jetzt besser nichts mehr sagte. Wenn einmal das Wort alles gefallen war, war nichts mehr zu retten. Jede Erwiderung führte dazu, dass zu dem Wort alles noch das Wort immer dazukam. Und dann folgte unweigerlich noch das Adjektiv kaputt. Und dann hörte man in der ganzen Welt den immergleichen Satz, selbst wenn man sich die Ohren zuhielt: Du machst immer alles kaputt. Karl wusste nicht, ob es viele universelle Lebensweisheiten gab, aber das war eine.

»Ich mach's wieder gut«, sagte er und gab Lydia noch einen Kuss auf die Wange, obwohl er wusste, dass der Kreislauf zwischen schlecht machen und wieder gut machen kaum zu durchbrechen war und sich immer weiter drehen würde, zu unterschiedlich waren ihre Vorstellungen von Ordnung. Was Lydia als Unordnung empfand, war für ihn ein Zeichen von Leben. Karl war der Auffassung, man müsse sehen, dass in den Räumen gelebt, geliebt und gearbeitet werde. Wohnen habe etwas mit Bewegung zu tun, wohnen sei ein Verb, ein Tunwort. Kein Zustand.

Denken sei auch ein Verb, meinte Lydia, aber das heiße nicht, dass man jeden Gedanken allen anderen mitteilen müsse. Vielmehr heiße Denken, die Gedanken zu ordnen. Außerdem wohne er, Karl, nicht alleine. Und ein Verb stehe auch selten alleine.

Karl mochte es sehr, wenn sie ihr Zusammenleben grammatikalisch in Einzelteile zerlegten und wenn sie am Ende trotz allem einen Satz bauen konnten, der Subjekt, Prädikat und Pronomen enthielt und ungefähr so lautete: Wir lieben uns. Oder zumindest: Wir mögen uns. Aber Karl kam es mittlerweile so vor, dass sie vermehrt Sätze bildeten, die aus dem Wir ein Ich machten, aus dem lieben ein habe und das Pronomen uns in das Adverb recht verwandelten. Kaum ein Lebensbereich, so kam es ihm vor, den sie nicht unterschiedlich betrachteten.

Um Viertel nach neun schob Karl das Fahrrad vom Hof auf die Straße. Bevor er sich auf den Sattel setzte, schaute er nach oben, um zu sehen, ob Lydia am Fenster stand. Karl hob die Hand, und Lydia hob ebenfalls die Hand. Er wollte nicht vergessen, dass Lydia es auch nicht leicht mit ihm hatte. Er wollte es auf jeden Fall heute den ganzen Tag über nicht vergessen und am Abend etwas Leichtigkeit mit nach Hause bringen. Mit diesem Gedanken schwang er sich aufs Rad und fuhr los. Er hatte noch viel Zeit und dachte, dass er vielleicht noch irgendwo einen Kaffee trinken könnte.

Auf den Straßen waren wieder Panzer unterwegs. Hieß es früher im Krieg: Männer an die Waffen, würde es im nächsten heißen: Männer in die Autos. Karl hielt es für nicht unwahrscheinlich, dass der Bau dieser hochgelegten Autos mit der Abschaffung der allgemeinen Wehrpflicht zusammenhing. Man hatte überlegt, was die Bevölkerung zu einer möglichen Landesverteidigung beitragen könnte, und Waffen produziert, die frei verkäuflich sind, eine Klimaanlage haben und auch Frauen gefallen könnten.

Karl atmete tief ein, wollte sich nicht aufregen, schon gar nicht über Autos. Bei Licht betrachtet, gab es zu viel, über das man sich aufregen konnte, im Grunde genommen reichte ein ganzes Leben nicht, um sich über alles aufzuregen, selbst wenn man es mit Warpgeschwindigkeit tat. Wahrscheinlich war das überhaupt die einzige Tätigkeit von allen möglichen Tätigkeiten, die man durchgehend ohne Pause machen konnte. Laut genauso wie lautlos, im Stehen, im Sitzen, beim Fahren, beim Sport, bei der Arbeit, in der Freizeit, im Urlaub sowieso, während des Essens, beim Einschlafen und beim Aufwachen. Wenn man einem Erfinder sagen würde, erfinde etwas, das nichts kostet, das jeder kann, egal wie alt, wie groß, wie dick oder dünn er ist, egal wie sprachmächtig, wie gebildet oder wie blöd er ist, egal welche Hautfarbe er hat, egal aus welchem Elternhaus er kommt, egal wie lang sein Vorstrafenregister ist, wenn man ihm sagen würde, alles, was im sonstigen Leben nicht egal ist, muss egal sein, und vor allem muss egal sein, ob jemand recht hat oder unrecht, dann wäre das einzig Mögliche, das der Erfinder erfinden könnte, das Sich-Aufregen.

Tatsächlich war ja nichts leichter, als sich aufzuregen, und nichts schwerer, als sich nicht aufzuregen. Die entscheidende Frage, so schien es Karl, war die, ob etwas es wert war, sich darüber aufzuregen. Seiner Meinung nach regten sich die meisten Menschen über das Falsche auf, deswegen war die Welt nämlich so, wie sie war. Karl fand es beispielsweise kurios, dass das Thema Energieverschwendung ausschließlich auf fossile Brennstoffe reduziert wurde und das Potential des Energiesparens beim Sich-über-das-Falsche-Aufregen überhaupt nicht beachtet wurde. Wollte man die Welt verbessern, müsste in der Schule die Frage behandelt werden: Wie kann ich erkennen, dass ich mich über das Richtige aufrege? Karl wollte diese Frage mit ins Gefängnis nehmen.

Er fühlte sich wohl, während er die Straßen entlangradelte, die Luft war angenehm kühl, es regnete nicht, und er freute sich auf das Gefängnis. Er liebte es, wenn ihn Gedanken umtrieben, die nicht von einer Sorge getragen waren. Irgendwie fühlte er sich dann aufgerichteter auf dem Rad, so als würde das Denken seine Muskeln straffen und seinen Rücken strecken.

Ihm fiel auf, dass das Wort aufregen mit dem Buchstaben a begann und das Wort denken mit d. Möglicherweise lag darin die Wurzel des Übels, denn der Mensch neigt ja dazu, Dinge in alphabetischer Reihenfolge abzuarbeiten, also zuerst a, dann b, dann c … Tatsächlich schien es Karl so zu sein, dass die meisten Menschen sich erst aufregten, bevor sie dachten. Möglicherweise kam deshalb so oft das Falsche dabei heraus, dachte er. Denn es war doch so: Wenn man sich zuerst aufregt und dann erst denkt, dann denkt man nicht mehr in alle Richtungen, sondern nur in die, bei der man vermutet, dass man sich nicht aufregen muss. Eine Weltverbesserung durch eine Auswechslung von Buchstaben. Denken sollte anken heißen und aufregen daufregen.

Karl merkte, dass hinter ihm ein Auto drängelte, die Straße war zu eng, als dass das Auto ihn überholen konnte.

Er fuhr in eine Garagenzufahrt, bremste und blieb stehen, um das Auto vorbeizulassen. Hinter der Garage erblickte er das Netz eines Gartentrampolins. Es war bereits das vierte oder fünfte dieser Art, das ihm in den letzten Minuten aufgefallen war. Gartentrampoline mit Sicherheitsnetz waren es wert, sich über sie aufzuregen. Das stand für Karl außerhalb jeglicher Diskussion. Sie waren das Symbol für eine Welt, in der es immer weniger um die Wahrheit ging, stattdessen um den Anschein von Wahrheit. Die Wahrheit war: Kinder sollten quadratisch, praktisch, gut und mit möglichst wenig Keimen behaftet sein. Aber der Anschein der Wahrheit war: Kinder dürfen sich entfalten und toben. Dafür standen die Trampoline mit Sicherheitsnetz. Der Anschein der Wahrheit lautete: Kinder dürfen springen und toben und sind trotzdem sicher und behütet, aber die eigentliche Wahrheit hieß: Kinder sind Gefangene auf vier Quadratmetern und die Entdeckung der Welt darf nur in der Vertikalen stattfinden. Wie will man denken lernen, wenn man schon risikoarm spielen muss? Karl hatte mit Lydia noch nie über diese Trampoline gesprochen. Er wusste nicht, wie sie darüber dachte, insgeheim befürchtete er, dass sie die Dinger für eine gute Idee hielt. Sie arbeitete drei halbe Tage als Physiotherapeutin in einer Praxis, und Karl würde wetten, dass Trampolinspringen gut für den Bewegungsapparat war und von Ärzten und Apothekern empfohlen wurde.

Er erinnerte sich an eine Diskussion mit einem Gefangenen, der ihm mal gesagt hatte, dass es wahnsinnig viel Scheiße auf der Erde gäbe und dass es nicht das Problem sei, die Scheiße wegzuräumen, sondern dass es immer irgendein Arschloch gebe, das die Scheiße gut finde. Karl hatte im ersten Moment überlegt, ob er den Gefangenen bitten solle, eine andere Ausdrucksweise zu gebrauchen, sich dann aber dagegen entschieden, weil er befürchtete, dass der Gefangene genau das von ihm erwartete. Stattdessen hatte er gefragt, von welcher Scheiße er jetzt gerade rede, obwohl er insgeheim schon ahnte, dass damit wohl Rilkes Gedicht *Der Panther* gemeint war, das Karl in der Stunde behandelt hatte. Und genauso war es. Das Gedicht sei eine Poetisierung des Elends, meinte der Gefangene, etwas, das einen melancholisch auf die Welt blicken lasse, aber es mache einen nicht zornig, und deshalb sei es auch banal, belanglos, überflüssig.

Karl erinnerte sich an die Wut im Blick des Gefangenen, und mit einem Mal hatte er sich vorstellen können, zu welcher Gewalt der Mann fähig sein musste, denn schon der Zorn über dieses Gedicht hatte ihm die Halsschlagader hervortreten lassen. »Diese ganze Literaturkacke, mit der Sie uns immer kommen, das ist so falsch« hatte er gesagt, »das ist auch nur eine Droge, nicht besser als das, was die Jungs hier im Gefängnis nehmen, um sich zu betäuben. Diese Gedichte und Texte, das ist das Opium der Akademiker, die in ihre Sessel furzen und von einer besseren Welt träumen. Verstehst du, Lehrer, ein Gedicht hat die Welt noch nie besser gemacht. Du redest von Strophen, Versen, Wiederholungen, sagst Wörter wie bemerkenswert, erklärst, wie großartig Rilke dieses und jenes gemacht hat, aber steht einer auf und geht den Panther befreien? Steht einer auf?«

Seltsam, dachte Karl, dass ihm diese Geschichte, die bestimmt schon zwei Jahre her war, jetzt auf einmal bei dem Anblick der Gartentrampoline so deutlich in Erinnerung trat. Es war keine Begebenheit, an die er sich gern erinnerte, zumal ihm seine Entgegnung auf diesen Redeausbruch mehr als peinlich gewesen war.

»Aber auch nicht schlechter«, hatte er geantwortet und auf den fragenden Blick des Gefangenen wiederholt: »Ein

Gedicht macht die Welt auch nicht schlechter.« Der Gefangene hatte ihn spöttisch angelächelt, als wäre er selbst überrascht über Karls selbsterniedrigende Antwort gewesen, war noch ein Stück näher an Karl herangetreten, so dass sich ihre Nasen fast berührten, und hatte süffisant gesagt: »Weißt du, was ihr Lehrer alle gemein habt? Ihr gebt euch mit so wenig zufrieden. Ihr habt immer Angst, dass jemand eine Tür aus den Angeln hebt, weil ihr meint, das sei Sachbeschädigung. Vielleicht ist das Pädagogik, das Licht im Allerkleinsten sehen. Ich weiß es nicht.«

Karl holte das Smartphone aus der Hosentasche und schaute auf die Uhr. Für einen Espresso würde die Zeit noch reichen. Er beschloss ins Stehcafé zu gehen. Er wusste gar nicht, wie das Café eigentlich hieß, auf jeden Fall nicht Stehcafé, aber weil es dort tatsächlich keine Sitzplätze gab, war es überall nur als Stehcafé bekannt. Karl fühlte sich jünger und auch attraktiver im Stehen. Obwohl er mit Mitte dreißig noch in keinem Alter war, das er mit einem alt versehen würde, so spürte er doch, dass das J der Jugend anfing, sich zu krümmen, um sich langsam, aber unabänderlich in ein a zu verwandeln.

Das Café war mit einer langen Fensterfront ausgestattet, vor dem ein schmales, dunkel geöltes Eichenbrett als eine Art Theke fungierte. Karl hatte einen Blick auf sein Fahrrad, auf dessen Gepäckträger er seine Tasche gelassen hatte. Es schien ihm nicht wirklich möglich zu sein, einen Kaffee zu genießen, wenn einem eine Tasche über der Schulter hing oder zwischen den Füßen abgestellt war. Kaffee ist ein ballaststoffreiches Getränk, weshalb man es nicht auch noch mit einer Tasche belastet trinken sollte, fand Karl. Ballastreich ohne Ballast, das bedeutete Kaffeegenuss. Er bestellte einen doppelten Espresso, schaute aus dem Fenster und beobachtete ein Paar, das Karl auf Mitte bis Ende vierzig schätzte und das gerade dabei war, sich voneinander zu verabschieden. Der Mann nahm das Gesicht der Frau zwischen seine Hände und küsste sie innig auf den Mund. Die Frau hielt die Augen geschlossen, und selbst als der Mann sich von ihren Lippen löste, blieb die Frau in der Haltung des Küssens. Die Augen geschlossen, die Lippen leicht gespitzt und den Kopf sehnsuchtsvoll nach vorne gestreckt.

Was für ein zauberhaftes Bild, dachte Karl. Ganz beseelt von der Gegenwart des Kusses, beschloss die Frau ihn nicht Vergangenheit werden zu lassen. Sie hielt einfach die Zeit an, um die Zukunft Gegenwart werden zu lassen. Obwohl Karl vermutete, dass die Trennung der beiden nur von kurzer Dauer wäre, vielleicht nur für Minuten, bis der Mann das Auto aus der Tiefgarage geholt hätte, trug der Kuss alle Zeiten mit sich und war ein Versprechen auf die Ewigkeit.

Karl überlegte, Lydia eine Nachricht zu schreiben. Stattdessen aber nahm er sein Smartphone und blätterte seine Kontakte durch. An dem Kontakt von Karoline Merlinger blieb er hängen. Einen kurzen Moment brauchte er, um sich ihr Gesicht in Erinnerung zu rufen. Er hatte sie letztes Jahr bei einer Veranstaltung mehrerer Schulbuchverlage kennengelernt. Er konnte sich nicht mehr erinnern, wie sie miteinander ins Gespräch gekommen waren, geschweige denn, worüber sie gesprochen hatten, und auch nicht, was der Grund gewesen war, dass er ihre Mailadresse bekommen hatte. Er erinnerte sich, dass die Veranstaltung nicht besonders gut besucht gewesen war, sie hatte in einem Konferenzsaal eines nüchternen Hotelbaus aus den sechziger Jahren stattgefunden, der Kaffee war müder gewesen, als die, die ihn tranken, und die beigelegten Häppchen hatten den Eindruck erweckt, Überbleibsel einer anderen schlecht besuchten Veranstaltung zu sein. Aber Karoline Merlinger hatte gestrahlt. Karl hatte sich gewundert, weil ihr Gesicht in so großem Gegensatz zu den Gesichtern der anderen Verlagsvertreter gestanden hatte, die deutliche Enttäuschung über das mangelnde Besucherinteresse widergespiegelt hatten. Jetzt in der Erinnerung meinte er sich zu entsinnen, dass er sie gefragt hatte, ob ihre gute Laune Ausdruck professionellen Verhaltens sei oder tatsächlich einen Wahrheitsgehalt habe. Karl musste lächeln, als ihm ihre Antwort wieder in den Sinn kam: »Ich bin jetzt hier und kann nicht woanders sein«, hatte sie gesagt.

Seltsam, dachte Karl erneut, dass er das alles vergessen hatte. Der Kontakt in seinem Smartphone war jungfräulich. Es war nie eine Nachricht zwischen ihnen ausgetauscht worden. Er fing an zu tippen:

Hallo Karoline Merlinger,
ich weiß nicht, ob Sie sich an mich erinnern. Wir trafen uns letztes Jahr im April bei einer Veranstaltung, bei der Sie die neuen Schulmaterialien Ihres Verlages vorstellten. Sie mögen mir vielleicht recht geben, dass es insgesamt eine recht trostlose Unternehmung war. Nun ist es allerdings nicht so, dass es die Trostlosigkeit ist, deretwegen ich mich an Sie erinnere. Vielmehr ist es so, dass ich öfter daran denke, dass ich gerade jetzt hier bin, wo ich gerade bin und nicht woanders sein kann. Das ist eine recht schöne Erkenntnis, wie ich finde, und eine Erinnerung, dass die Sonne scheint, auch wenn man sie nicht sieht.

Karl Löffelhans

Karl nahm den letzten Schluck Espresso und lächelte still vor sich hin. In diesem Moment stand der Kellner neben ihm. Ihre Blicke trafen sich.

»Schmeckt Ihnen der Espresso?«, fragte der Kellner.

Karl nickte.

»Dann müssen Sie ihn leider auch bezahlen«, sagte der Kellner mit einem Lachen.

Während er zum Gefängnis radelte, riss tatsächlich der Himmel auf und die Sonne kam zum Vorschein. Verrückt, dachte Karl und fragte sich, ob Karoline Merlinger seine Mail vielleicht gerade las und auch mitbekam, was am Himmel vor sich ging.

Das Gefängnis war ein Bau aus dem 19. Jahrhundert. Der Grundriss bestand aus fünf Flügeln, die zentral aufeinander zuliefen. Dem panoptischen Bau lag die Idee zugrunde, dass es leichter sei, von einer zentralen Stelle aus alle fünf Korridore zu überwachen und es dafür zudem weniger Personal brauche. In dem Gefängnis waren ausschließlich Langzeitstrafgefangene untergebracht, Menschen, die zu mehr als einem Jahr Haft verurteilt worden waren. Karl erinnerte sich, wie ihm beim Einstellungsgespräch doch etwas mulmig geworden war, als ihm klar wurde, dass er es mit richtigen Verbrechern zu tun haben würde, mit Räubern, Mördern und Vergewaltigern. Als ihm gesagt wurde, dass er den Unterricht alleine, ohne zusätzlichen Wärter zu bestreiten hätte, hatte er das für einen Witz gehalten. Er war immer davon ausgegangen, dass ihn ein oder zwei Wärter unterstützen und dafür sorgen würden, dass er das Gefängnis unbeschadet wieder verlassen könnte. Dass die Arbeit im Gefängnis gefährlich werden würde, war für ihn nichts, was man hätte bestreiten können. Er hatte nicht als Feigling gelten wollen und die Stelle angetreten, aber die ersten Stunden hatte er immer darauf geachtet, nicht mit dem Rücken zur Klasse zu stehen und so nah am Alarmknopf, dass es nur einen Ausfallschritt brauchte, um ihn zu erreichen.

Karl schloss sein Fahrrad ab, obwohl es kaum einen Ort gab, der stärker durch Videokameras überwacht wurde, als das Gefängnis. Dann ging er die paar Stufen zur Pforte hoch, in der zwei Justizvollzugsbeamte hinter Sicherheitsglas saßen und kontrollierten, ob man berechtigt war, das Gefängnis zu betreten. Heute war Besuchstag, zwei Frauen mit Kindern standen vor ihm, so dass Karl warten musste, bis er an die Reihe kam. Sein Smartphone signalisierte den Eingang einer Nachricht.

Hallo Herr Löffelhans,
ich erinnere mich. Sie erzählten, dass Sie in einem Gefängnis unterrichten, und ich fragte Sie, worin Sie den Unterschied zu einer normalen Schule sehen. Ihre Antwort lautete, dass die meisten Ihrer Schüler kaum über Schulerfahrung verfügten, dafür über eine Menge Lebenserfahrung. Ich denke oft darüber nach, ob man lebenserfahren sein sollte, bevor man die Schule besucht, oder ob die Schule hilft, das Leben besser zu erfahren. Was meinen Sie?

Die Sonne ist zuverlässig, das ist nicht geringzuschätzen, aber schwer zu lieben.

Karoline Merlinger

Karl zeigte dem Pförtner seinen Lehrerausweis und warf dabei einen Blick auf die Monitore, die in der Pforte an der Wand hingen und einen Blick auf den Gefängnishof und einige andere videoüberwachte Bereiche ermöglichten, die Karl auf die Schnelle nicht zuordnen konnte.

Der Pförtner nickte, und Karl ging durch eine Drehtüre ins Innere. Rechts befand sich eine Wand mit fünfzig kleinen Schließfächern. In einem von ihnen befand sich Karls Schlüsselbund, den er von nun an für den weiteren Weg brauchte. Karl legte sein Smartphone in das Fach und nahm die Gefängnisschlüssel an sich.

Der Hauptschlüssel war etwa fünfzehn Zentimeter groß, und schon bei seinem Anblick wusste man, dass die Türen mächtig sein mussten, die mit diesem Schlüssel zu öffnen waren. Karls Tasche wurde nicht kontrolliert, ebensowenig, ob er tatsächlich sein Smartphone einschloss, wie es von ihm erwartet wurde. Nicht ein einziges Mal, seit er hier arbeitete, war er kontrolliert worden. Es wäre ein Leichtes für ihn, Dinge ins Gefängnis zu schmuggeln. Tatsächlich war er nach ein paar Monaten von zwei Schülern gefragt worden, ob er sich etwas dazuverdienen wolle. Karl hatte mit klopfendem Herzen abgelehnt und insgeheim befürchtet, dass man ihn bedrängen, ihm womöglich drohen würde, wenn er sich nicht kooperationsbereit zeigte. Stattdessen wurde seine Absage freundlich lächelnd zur Kenntnis genommen. Und es war bei dieser einmaligen Anfrage geblieben. Keine Nachfragen, keine Versuche, ihm das Angebot noch etwas schmackhafter zu machen. Eine Frage, eine Antwort. Diese Professionalität hatte ihn beeindruckt. Und erstaunt. Auch das Verbrechen braucht Zuverlässigkeit, dachte Karl, während er in den zweiten Stock ging und dabei immer wieder schwere Türen auf und hinter sich zuschloss. Man konnte beim Schmuggeln niemanden gebrauchen, der von Zweifeln geplagt wurde, moralische Bedenken hatte oder einfach Angst, erwischt zu werden. Seltsam, dachte Karl, dass ihm jetzt das Wort Zuverlässigkeit in den Sinn gekommen war. Schwer zu lieben. Was meinte sie damit?

In Karls Klasse waren dreiundzwanzig Schüler zwischen Anfang zwanzig und Mitte fünfzig. Viele von ihnen Ausländer, die die deutsche Sprache auf der Straße gelernt hatten. Karls Aufgabe war es, die Schüler zum Hauptschulabschluss zu führen. Die meisten von ihnen meldeten sich freiwillig für die Schule, manchen wurde es von der Gefängnisleitung nahegelegt, aber niemand wurde gezwungen, die Schule zu besuchen. Auch Karl Spinola mit seinen über fünfzig Jahren hatte sich freiwillig gemeldet, nur warum, war Karl ein Rätsel. Für einen Ausbildungsplatz kam er in seinem Alter nicht mehr in Frage. Spinola saß in der letzten Reihe rechts neben Kranzmeier. Spinola sagte selten ein Wort, im Grunde genommen nie, selbst wenn Karl ihn direkt ansprach, gab er höchstens ein Murmeln von sich, von dem niemand wusste, ob es eine Antwort, eine Frage oder nur Ausdruck dessen war, dass er eine direkte Ansprache als Belästigung verstand. Spinola ließ einen im Unklaren, ob er etwas wusste oder nicht, und das, vermutete Karl, hatte er sich in über dreißig Jahren Gefängnisaufenthalt antrainiert. Sein Gesichtsausdruck war nicht zu lesen, wenn er nicht wollte. Im Gefängnis war es von Vorteil, wenn man nicht zu viel über sich preisgab, sondern jemand war, bei dem vieles für möglich gehalten wurde. Wer länger im Gefängnis saß, war geübt darin, Menschen zu lesen, kleinste Veränderungen im Gesichtsausdruck zu erkennen und daraus Rückschlüsse auf die Gefühlslage zu ziehen.

Karl gab seinen Schülern zehn Minuten Zeit für die Frage, was ein Umweltamt macht. Sie sollten ihre Antwort aufschreiben. »Denkt dran«, sagte er, »es muss nicht das vermeintlich Richtige in die Freiheit, sondern das unbedingt Bedenkenswerte.«

Es gab zwei Antworten, die Karl für würdig empfand, in die Freiheit entlassen zu werden. Die erste lautete: »Ein Umweltamt macht, dass aus der Umwelt keine Unwelt wird.«

Die zweite: »Ein Umweltamt macht nicht genug, denn es ist ein Amt.«

Karl ließ in geheimer Wahl abstimmen: 13:10 Stimmen für die zweite Antwort. Karl wunderte das nicht. Alle seine Schüler verbanden mit Ämtern nur Negatives: Wartezeiten, Vertröstungen, Belehrungen, Hinweise, Forderungen, Zeugnisse, Nachweise, Erklärungen, dass für dieses und jenes jemand anderes zuständig sei. Als Verbrecher empfanden sich viele von ihnen als Selbstständige, die eigenständig planten und durchführten, Beamte in Ämtern waren das genaue Gegenteil von ihnen, Gefangene von Paragraphen und Verordnungen, die sich in ihren Entscheidungen stets auf ihre Vorgesetzten berufen müssen.

Als Karl das Ergebnis bekanntgab, sah er aus den Augenwinkeln, dass Hoffmann vor Freude eine Faust ballte. Ausgerechnet Hoffmann. Karl hoffte für einen Moment, dass es außer ihm niemand sonst bemerkt hatte, aber insgeheim wusste er, dass diese Chance kleiner war als die Möglichkeit, ein Staubkorn im Dunkeln mit bloßem Auge zu erkennen. Irgendjemand hatte Hoffmann immer im Blick. Rodriguez, ein Chilene, der wegen mehrerer Drogen- und schwerer Körperverletzungsdelikte saß, flüsterte seinem Nachbarn etwas ins Ohr. Dann meldete er sich. Karl ahnte, dass Rodriguez behaupten würde, er habe sich geirrt und aus Versehen falsch abgestimmt. Plötzlich gingen weitere Finger in die Höhe. Karl nickte Rodriguez zu. »Ich habe mich geirrt«, sagte Rodriguez, »ich hatte das falsch verstanden, dachte, wir sollten das auf den Zettel schreiben, für das wir *nicht* stimmen.« »Ja, das dachte ich auch«, riefen mehrere dazwischen. »Wir müssen neu abstimmen«, forderte Rodriguez. Karl stimmte zu, obwohl ihm klar war, dass Rodriguez und die anderen die Aufgabenstellung sehr wohl richtig verstanden hatten. Aber sie alle wussten, dass Hoffmann ein junges Mädchen auf dem Gewissen hatte. Keiner in der Klasse hätte zugelassen, dass er eine Abstimmung oder sonst irgendwas gewönne. Der Umgang mit Hoffmann glich dem mit an Pest Erkrankten im Mittelalter: Er wurde ignoriert, man sprach nicht mit ihm, er wurde nicht berührt und nichts, was er anfasste, fasste jemand anderes an. Hoffmann war toxisch und in den Augen seiner Mitgefangenen jemand, der den Tod verdiente.

Die neue Abstimmung ging 23:0 für die erste Antwort aus. Tomislav Novak, gebürtiger Kroate, fünfzehn Jahre für Totschlag, hatte sie verfasst. Er freute sich.

Die Sonne war herausgekommen, als Karl das Gefängnis gegen halb zwei verließ.

Er fuhr in die Innenstadt, stellte das Rad ab, hängte sich seine Tasche über die Schulter und stieg auf den Kirchturm. 333 Stufen bis zur Plattform. Es darf Mühe machen, guten Gedanken in die Freiheit zu verhelfen, dachte Karl. Oben angekommen, schrieb Karl beide Antworten auf jeweils ein DIN-A4-Blatt. Er fand die Antwort von Hoffmann nicht schlecht, und er glaubte nicht, dass es die Welt besser macht, wenn man Gedanken nach Personen beurteilte.

Dann bastelte er aus beiden Blättern Papierflieger und schickte sie ins Blaue. Einen nach Westen, einen nach Osten. Er versuchte, ihren Flug eine Weile zu verfolgen. Zuverlässig segelten sie dem Boden zu. Er lächelte und holte sein Smartphone aus der Tasche.

Liebe Karoline Merlinger,
Sie haben recht, die Zuverlässigkeit beinhaltet doch ein gewisses Maß an Langeweile, und die Liebe braucht das Überraschende. Man vergisst es allzu oft. Ich habe soeben zwei Gedanken in die Freiheit entlassen, und dabei kam mir ein dritter, und dieser dritte kam mir, weil mir ein vierter geschenkt worden war, und dieser vierte war der

erste von allen und kam von Ihnen. Das ist wunderbar. Ich danke Ihnen.

Karl L.

Es war halb drei, ein überraschend kalter Wind war aufgekommen und sorgte dafür, dass sich wieder ein paar Wolken vor die Sonne schoben. Karl wusste, dass es keinen wirklichen Grund gab, nicht seinen Vater im Pflegeheim zu besuchen. Es ging lediglich darum, Widerstände zu überwinden, das Gefühl des Missmuts nicht aufkommen zu lassen, den Kleingeist, der alles Unangenehme beiseite zu schieben sucht, nicht dominieren zu lassen.

Karls Vater war Ende fünfzig, als er Vater geworden war, und Karl hatte seinen Vater immer anders als andere Väter wahrgenommen, als jemanden, der Ruhe brauchte, selbst wenn er welche hatte, der schweren Schrittes lief, selbst wenn es bergab ging, der keine Wettrennen machen wollte, selbst wenn Karl ihm Vorsprung einräumte, dem schnell alles zu laut, zu wuselig, zu unübersichtlich wurde, als jemanden, der Witze nicht verstand und nur lachte, um seine Ratlosigkeit zu verbergen, und der dennoch sagte: guter Witz, sehr guter Witz. Es gab kaum etwas, das einen Menschen älter wirken ließ. Immer hatte seinem Vater etwas wehgetan, der Rücken, das Knie, sein Zeh, ein Zahn, irgendetwas irgendwo im Bauch, in der Brust, an der Schulter. Karl konnte sich nicht erinnern, dass es seinem Vater mal gutgegangen war und er das ausgesprochen und ausgestrahlt hätte.

Karl fand es undenkbar, dass er das Ergebnis von Lust und Leidenschaft sein sollte, vielmehr schien es ihm so zu sein, dass sein Vater unter Leiden, Schmerzen und Anstrengung von seinem Körper zu einer biologischen Reaktion genötigt worden war, in die seine Mutter aus welchen Gründen auch immer eingewilligt hatte.

Karls Vater hieß Karl-Friedrich Löffelhans. Es gab eine lange Reihe von Karls in der Familiengeschichte Löffelhans und Karls Vater hatte es als seine Pflicht angesehen, diese Tradition fortzuführen. Karl erinnerte sich, dass er es anfangs sogar toll gefunden hatte, wie sein Vater zu heißen, bis er merkte, dass ihn niemand darum beneidete, vor allem nicht, wenn andere den Vater für den Opa hielten und der durch das Tragen von braunen Stoffhosen und kleinkarierten Hemden vom unteren Ende der Coolnessskala aller Väter sehr weit entfernt war.

Karls Mutter hatte Irene Mondschein geheißen. Karl vermutete, dass er seinem Vater gegenüber versöhnlicher empfinden würde, wenn der den Namen seiner Frau angenommen hätte. Sein Vater wäre womöglich kein besserer Mensch geworden, aber Karl hätte daran geglaubt, dass sein Vater grundsätzlich das Beste wollte.

Das Pflegeheim war ein großer weißer Hausblock, der auf den ersten Blick nicht unfreundlich wirkte. Es gab große Fenster mit hellen Vorhängen, der Eingangsbereich war großzügig, zwei Sitzgruppen luden zum Verweilen ein, es gab einen Zeitschriftenständer, und an den Wänden hingen mehrere Bilder moderner Kunst, die in hellen Farben leuchteten. Die Zimmer waren geräumig, eingerichtet mit einem Kleiderschrank, einem Tisch und zwei Stühlen, alles aus hellem Fichtenholz. Die Bewohner waren in Wohngruppen eingeteilt, auf jeder Etage gab es eine kleine Küche mit einem Essraum, in der die Bewohner zusammen Mahlzeiten einnehmen konnten.

Karl stand vor der Tür seines Vaters, sah auf das Namensschild, holte aus zum Klopfen, als auf seinem Smartphone eine Nachricht einging.

Hallo Herr Löffelhans,
das haben Sie schön gesagt. Ich lächle.

Ich habe heute morgen ein Sprichwort gelesen. Es lautet: Die Schweine von heute sind die Schinken von morgen. Sie werden vielleicht lachen, aber das Sprichwort beschäftigt mich schon den ganzen Tag, und ich überlege, wie es gemeint sein könnte. Ich habe an Ihre Arbeit im Gefängnis gedacht. Viele Menschen glauben ja, im Gefängnis sitzen »Schweine«, Menschen, die Schlimmes getan haben. Können diese Menschen die Schinken von morgen sein?

Was meinen Sie, sitzen Ihre Schüler zu Recht im Gefängnis? Vielleicht ist das eine naive Frage, dann entschuldigen Sie bitte. Aber man trifft in seinem beruflichen Leben (und im privaten vielleicht auch) oft auf Menschen, die in Positionen und an Plätzen sind, bei denen man das Gefühl hat, sie sind dort nicht zu Recht, sie sind am falschen Platz. Glauben Sie, einer Ihrer Schüler sitzt zu Unrecht?

Ich hoffe, Ihr Tag bleibt so schön leicht und luftig, wie es Ihre Nachricht war.

Ihre Karoline M.

Karls Vater lag in seinem Pflegebett. Er schien nicht zu bemerken, dass Karl das Zimmer betrat. Er schlief. Karl berührte ihn flüchtig an der Schulter, schob einen Stuhl neben das Bett und setzte sich. Er überlegte, ob er seinen Vater wecken sollte, aber warum und was dann? Am Bettgestell hing die Fernbedienung, mit der man das Bett in alle möglichen Positionen verstellen konnte. Karl nahm sie in die Hand. Er mochte das surrende Geräusch, wenn er auf eine der Tasten drückte. Das Geräusch zeigte an, dass er etwas tat, was seinen Vater bewegte. Manchmal spielte Karl damit herum, fuhr seinen Vater hoch, dann wieder runter, verstellte das Fußteil oder das Kopfteil. Karl lachte und sein Vater auch, aber wenn es vorbei war, wusste keiner von ihnen beiden, ob es wirklich witzig war. Er hängte die Fernbedienung zurück.

Wenn er ihn weckte, würde sein Vater mit dünner Stimme sagen: Ah, du, wie schön. Wie geht's? Und Karl würde antworten: Gut. Wie immer. Und dann würden sie beide schweigen, bis sich einer von beiden an das Glas Wasser erinnern würde. War es sein Vater, sagte er: Du, kannst du mir mal das Glas Wasser reichen? Erinnerte sich Karl zuerst, nahm er das Glas Wasser in die Hand, hielt es seinem Vater hin und sagte: Hier, du musst was trinken. Und dann würden sie beide schweigen und sich verstohlen im Zimmer umschauen. Und wussten beide: zur Not das Bild. Ein Ölgemälde aus dem 19. Jahrhundert, das einen niederländischen Hafen zeigte, wahrscheinlich Amsterdam. Karls Vater hatte es bei einer Haushaltsauflösung entdeckt. Er und eine Frau hatten zeit- und wortgleich Interesse angemeldet. Der Besitzer konnte sich nicht entscheiden, wem er das Bild zusprechen wollte und es daher beiden mit den Worten Sie müssen selbst eine Lösung finden in die Hände gedrückt. Karls Vater musste immer noch jedes Mal lachen, wenn er sagte: »Die Lösung war, dass ich diese Frau geheiratet habe. Ein Haushalt wurde aufgelöst, und ich habe einen gegründet.« Dieses Bild war für Karls Vater eine schöne Erinnerung, obwohl Karl dachte, es müsste genau umgekehrt sein, denn letztlich war nur das Bild geblieben, seine Frau nicht. Man entscheidet immer selbst, welche Geschichten man sich von einem Bild erzählen lassen möchte. Karls Vater entschied sich, dass es eine Erinnerung sein sollte, dass seine Frau mal da gewesen war. Karl hörte zu oder tat zumindest so, wenn sein Vater zum wiederholten Male erzählte und dem Kleid der Frau, das sie damals getragen hatte, wieder eine neue Farbe gab oder Punkte schenkte.

Im Grunde war er froh, wenn sein Vater redete, denn ihm selbst gingen die Worte verloren, wenn er das Zimmer seines Vaters betrat.

Einst war er vom Baby zu Karl geworden, dann von Karl zum Sohn und schließlich vom Sohn zum Du. Obwohl es dem Vater einst wichtig gewesen war, seinen Sohn Karl zu nennen, hatte er irgendwann aufgehört, ihn bei seinem Namen zu rufen. Und mit jedem Tag, an dem der Name nicht fiel, bröckelte etwas zwischen ihnen. Sie waren Vater und Sohn, es war die Wahrheit, und doch war es nur der Anschein von Wahrheit.

Karl lauschte dem gleichmäßigen Schnaufen, wartete auf die plötzlichen Grunzgeräusche, die wie aus dem Nichts auftauchten, als wollten sie mitteilen, dass das Gleichmäßige nicht alles erzählt, um dann wieder im Rhythmus der Regelmäßigkeit zu verschwinden, bis sie urplötzlich wieder auftauchten. Je öfter sie erklangen, desto mehr hörte es sich an, als sei es kein Grunzen, sondern ein Fauchen, und Karl musste lächeln bei dem Gedanken, dass in seinem Vater ein Tier wohnte, das wie in Rilkes Gedicht unruhig hin und her wankte.

Er griff in seine Jackentasche und holte das Smartphone hervor.

Liebe Karoline Merlinger,
ich will mir Gedanken machen. Ihre Frage ist alles andere als naiv. Ich weiß gerade selbst nicht, ob ich zu Recht dort sitze, wo ich gerade sitze.

Ich danke Ihnen übrigens, dass Sie kein Wort zu meinem Namen verloren haben. Es ist nicht so, dass ich nicht wüsste, dass es ein Leichtes wäre, darüber eine Bemerkung fallen zu lassen.

Ihr Karl L.

Er blieb noch eine halbe Stunde bei seinem Vater und war dankbar, dass der Schlaf seinen Vater ummantelt hielt. Karl fragte sich immer wieder, warum er seinen Vater besuchte. Dabei wusste er die Antwort: Er fühlte sich schuldig, wenn er es nicht tat. Aber schuldete er seinem Vater was? Und wenn ja, warum?

Karl saß neben seinem Vater, obwohl er nichts zu geben hatte. Saß er hier zu Recht? Mit welchem Recht? War es sein Recht? War es das Recht des Vaters? War es das Recht der Gesellschaft?

Bevor er ging, berührte er seinen Vater wieder flüchtig an der Schulter. Dann drehte er sich doch nochmal zu ihm um, nahm die Flasche stilles Wasser, die auf dem rollbaren Nachttisch stand, füllte das Glas auf, das sich direkt daneben befand und stellte es so, dass er glaubte, sein Vater könnte es gut erreichen, ohne sich im Bett verrenken zu müssen, wenn er aufwachte.

Im Flur lief ihm eine Pflegekraft über den Weg. Es war eine Asiatin, eine von vielen in diesem Haus, und Karl wusste nicht, ob er sie schon mal getroffen hatte. Sie sah ihn und lief direkt auf ihn zu. Er blieb stehen und versuchte sich an einer Mischung aus Zunicken und Lächeln. Sie trug ein Namensschild: Narisara. In seinem Kopf wiederholte er den Namen. Narisara. Er meinte sich zu erinnern, dass sein Vater mal von einer Marisa *oder so* gesprochen hatte. Er hielt es nicht für unwahrscheinlich, dass sie das war. Alles, was man nicht verstand oder was einem fremd erschien, bekam den Nachklapp *oder so*, um es vertrauter erscheinen zu lassen. Und *Marisa oder so* schien Karl wie eine Eingemeindung von Narisara zu sein.

Sie streckte ihm ihre Hand hin und sagte: »Ihr Vater ist guter Mann.« Sie wiederholte: »guter Mann, hat viel Witz, bringt mich viel zu lachen. So schön, dass Sie kommen ihn besuchen oft. Gut für Herz und Augen.« Dann legte sie ihre zweite Hand um seine Hand und hielt sie für einen Moment sehr fest. Karl nickte ihr erneut zu. Etwas hilflos, wie es ihm selbst schien, kläglich fast, wie das Danke, das er ihr sagte. Und weil ihm das wirklich erbärmlich vorkam, schob er ein Vielen Dank hinterher.

Am Ausgang hing ein Kalender mit Aphorismen. Heute:

Das Glück liegt nicht in den Dingen, sondern in den Menschen.

Hat viel Witz, bringt mich viel zu lachen, murmelte Karl, als er das las, und tatsächlich fing er an zu lächeln. Dann schaute er nach dem Himmel.

Liebe Karoline,
was bedeutet es Ihrer Meinung nach, wenn man die Hand von jemandem mit zwei Händen umfasst?
Ihr Karl L.

Auf dem Nachhauseweg hielt er an einem Blumenladen. Lange stand er vor dem Schaufenster. Er überlegte, wann er Lydia das letzte Mal Blumen mitgebracht hatte, und konnte sich nicht erinnern. Lydia liebte Tulpen. Er zweifelte. Seiner Frau Blumen mitzubringen schien ihm kein Zeichen großen Einfallsreichtums zu sein. Und wenn man Tulpen mitbrachte, weil man wusste, dass die Frau Tulpen liebte, kam zum geringen Einfallsreichtum noch Überraschungsarmut dazu, dachte er. Wenn er aber keine Tulpen kaufte oder andere Blumen als Tulpen, würde sie möglicherweise das Gefühl bekommen, er wüsste nicht, welche Blumen ihre Lieblingsblumen waren. Und wenn er jetzt beispielsweise Gladiolen oder Nelken kaufte und Lydia beim Überreichen erklärte, dass er eigentlich wisse, dass sie Tulpen liebe, sie aber habe überraschen wollen, dann würde das wohl auch nicht mehr als ein Kopfschütteln auslösen. Möglicherweise kauften Männer selten Blumen, weil es bei genauer Betrachtung kein einfaches Unterfangen war, wenn man sich Gedanken machte, dachte Karl.

Schließlich kaufte er einen Strauß weißer Tulpen.

Hallo Karl,
die erste Hand ist der Anstand, die zweite ist das Herz.
Ihre Karoline M.

Homer lief an der Hand seiner Mutter. Karl sah sie von hinten und überlegte einen Moment, ob er an ihnen vorbeifahren sollte. Aber an Homer vorbeifahren hieß, Homer hinter sich zu lassen, einfach so, und das wollte er nicht. Er hörte auf zu treten und zog leicht an der Handbremse, was nicht einfach war mit Blumen in der Hand.

»Hallo Homer, hallo Frau Kircheisen«, rief Karl, drehte den Kopf zu ihnen, schaffte es aber nicht, rechtzeitig zu stoppen. Er brauchte neue Bremsklötze.

»Warte, hey Hallo«, rief Homer Karl hinterher. Endlich kam Karl zum Halten. Er stieg ab und wartete.

»Hallo Homer, hey Hallo«, imitierte Karl ihn und lachte. Auch Homer und Frau Kircheisen lachten.

»Sind die Blumen für meine Mutter?«, fragte Homer mit Blick auf den Blumenstrauß. Karl schluckte.

»So etwas fragt man nicht, Homer«, sagte Frau Kircheisen.

»Warum nicht? Blumen schenkt man einer Frau, und du bist doch eine Frau, Mama.«

»Wir müssen jetzt nach Hause, Homer. Sagst du Herrn Löffelhans Auf Wiedersehen?«

»Du hast recht, Homer«, sagte Karl. »Blumen schenkt man Frauen, und deine Mutter hat es unbedingt verdient, dass man ihr eine Blume schenkt.« Karl nestelte das Blumenpapier auseinander, zog eine Tulpe heraus und reichte sie Frau Kircheisen.

»Ich weiß nicht«, sagte sie, »die sind doch bestimmt …«

»Ich würde mich freuen, wenn Sie sie annehmen, Frau Kircheisen«, sagte Karl.

»Vielen Dank«, sagte Frau Kircheisen.

»Aber alle wären besser«, sagte Homer. Dann hob er beide Zeigefinger in die Höhe. »Zweite Chance«, sagte er, wobei er das Wort Chance Schanze aussprach. »Aber nur heute«, schob er hinterher.

»Okay, ich versuch's nicht wieder zu versemmeln.« Homer zuckte mit den Schultern, als halte er das bei Karl für ein vergebliches Unterfangen, und sah dann zu seiner Mutter. Die legte Homer beruhigend ihre Hand in den Nacken. Homer wand sich und schüttelte sie ab. Frau Kircheisen zog die Hand zurück und lächelte Karl entschuldigend zu.

»Also«, sagte Homer, »wie stirbt ein Schornsteinfeger?« Karl überlegte: Schornstein. Kann man rein fallen. Nein, da war kein Witz, kein Wortspiel. Feger, fegen. Er fegt sich weg. Homer trippelte unruhig auf seinen Beinen. Karl musste sich beeilen.

»Er fegt sich weg«, sagte Karl.

Homer schaute ihn fragend an. Karl schaute zu Frau Kircheisen, aber auch die schaute ihn mit großen Augen an.

»Ja«, murmelte Karl, »sich selbst wegfegen geht irgendwie nicht. Und dass er hinweggefegt wird, stimmt wohl auch nicht?«

Homer schüttelte resigniert den Kopf. »Er kehrt nie wieder, natürlich. Oh Mann«, sagte Homer, »versemmelt. Stimmt's Mama?«

»Aber er hat's versucht, Homer.«

»Aber er hat's versemmelt«, wiederholte Homer bestimmt.

»Beim nächsten Mal klappt's«, rief Karl und stieg auf sein Rad. »Beim nächsten Mal klappt's bestimmt. Auf Wiedersehen, Homer und Frau Kircheisen.«

Es war nach fünf, als Karl den Schlüssel in die Haustür steckte. Er wusste, dass Lydia um die Uhrzeit gestresst sein konnte, die Vorbereitung des Abendessens, ein quengelnder Linus und die stille Verärgerung darüber, dass Karl deutlich später nach Hause kam als gedacht, wenn nicht sogar als abgesprochen. Das Großartige an Lydia war, dass sie unfassbar gute Laune haben konnte. Dann versprühte sie einen Überschwang an Liebe, der einen unwillkürlich fragen ließ, ob es tatsächlich sein konnte, dass man zu den Auserwählten gehörte, die davon bedacht wurden. Karl hatte einst zu den Auserwählten gehört, und mehr noch: Er wurde der Auserwählte unter den Auserwählten. Das war für Karl der Himmel auf Erden, auch wenn er diese Redewendung als viel zu banal empfand für seine Empfindungen, aber alles andere, was ihm in den Sinn kam, um dieses Glück zu beschreiben, empfand er als bemüht und eitel. Eitelkeit schmälert das Glück, dachte Karl, weil die Eitelkeit ja nichts anderes als ein Ausdruck von Sorge ist. Aber das Glück, dachte Karl, ist sorgenbefreit, sonst wäre es kein Glück.

Was Karl sehr viel später bewusst wurde, war, dass es nicht nur einen Himmel auf Erden gab, sondern auch eine Erde im Himmel. Und diese Erde breitete sich nach und nach aus, wurde immer raumgreifender, wuchs nach allen Seiten, nach links und rechts, nach oben und unten und irgendwann hatte Karl begonnen, sich zu fragen, ob es den

Himmel mit Lydia tatsächlich gegeben oder er ihn nur geträumt hatte.

Als er Lydia kennenlernte, war Karl fasziniert von ihrem unerschütterlichen Glauben an das Leben, von ihrer grenzenlosen Zuversicht, dass sich immer alles zum Guten wenden würde. Lydia war durchdrungen von einer so positiven Naivität, die Karl so tief ins Herz drang und so unbedingt liebenswert erschien, wie nichts anderes zuvor in seinem Leben.

Linus war ein Wunschkind gewesen, kein Unfall, kein Zufall, kein Na-gut-wenn's-denn-sein-soll-Kind. Die Geburt verlief problemlos, Linus kam so schnell, als sei ihm die Zeit in der Gebärmutter arg lang gewesen. Die Hebamme sagte, sie habe es erst einmal erlebt, dass ein Kind so schnell durch den Geburtskanal gerutscht sei, und das habe auf einem Rodelschlitten gesessen. Linus wurde mit einem Lachen willkommen geheißen.

Aber Linus war nicht alleine auf die Welt gekommen. Er hatte jemanden im Schlepptau, von dem anfänglich niemand wusste, dass er mitgekommen war. Erst nach und nach machte er sich bemerkbar. Karl fand schon seinen Namen blöd: Er hieß Ernst, und blöderweise war er es auch noch. Der ernste Ernst. Der Ernst schaffte es, dass Karl und Lydia das Leben fortan mit anderen Augen betrachteten. Beide gingen sie unterschiedlich mit dem Ernst um.

Karl spürte die Verantwortung, die der Ernst einforderte, und konnte sie annehmen. Er meinte sogar zu spüren, dass sie ihm guttat. Es kam ihm so vor, als schraubte sich die Verantwortung unter seine Fersen, ließ ihn wachsen und seinen Schritt fester werden. Vielleicht fiel es ihm deshalb leichter, dem Ernst ab und an zu sagen, er solle sich nicht so wichtig nehmen, wenn dieser wieder kam und meinte, Karl solle noch dieses und jenes bedenken, dies sei noch nicht abgesichert und jenes zu nachlässig betrachtet. Dann wandte sich Karls innere Stimme direkt an den Ernst und sagte, jemand mit einem derart blöden Namen brauche sich nicht so aufzuplustern.

Lydia dagegen erschrak über den Ernst, der da auf einmal auftauchte, sich nicht unter ihre Fersen schraubte, sondern sich auf ihre Schultern setzte und für Verspannungen in der Nackenmuskulatur sorgte. Es war nicht so, dass Lydia noch nie vom Ernst gehört hätte, aber bis zu Linus Geburt, war sie weder schon mal mit ihm abends ins Bett gegangen, noch morgens mit ihm aufgewacht. Es hatte traurige und auch ernste Momente in ihrem Leben gegeben, aber immer hatte sie die Kraft gehabt, die leichte Seite des Lebens zu spüren.

Und auf einmal bekam sie es mit der Angst zu tun. Angst, dass Linus krank wird, Angst, dass er einen Unfall hat, Angst, dass sie ihn aus Versehen fallen lässt, Angst, ihrer Mutterrolle nicht zu genügen, Angst, dass Linus sich nicht normal entwickelt, Angst, dass er eines Tages depressiv wird, Angst, dass sie eines Tages depressiv wird, Angst, dass ihr die Liebe zu Karl verloren ginge, Angst, dass Linus ein Scheidungskind wird. Und vor allem trieb sie die Angst um, dass man ihr die Angst anmerken könnte. Die Verantwortung auf der Schulter, die Angst im Nacken fühlte sie sich gezwungen, das Leben in geordneten Bahnen zu halten. Ob Karl ihr eine Hilfe war, wusste sie von Tag zu Tag weniger.

Karl lächelte Lydia an und streckte ihr die Blumen entgegen. »Ach nee«, murmelte er, »das ist blöd so«, zog die Blumen zurück, versteckte sie hinter seinem Rücken, beugte sich dann nach vorne, um Lydia einen Kuss zu geben. Er erwischte ihre Wange, gerade noch den Rand ihrer Lippen.

Dann sagte er: »Weiße Tulpen«, und streckte ihr die Blumen entgegen. Lydia schaute auf den Strauß Blumen, dann schaute sie Karl an und schüttelte belustigt den Kopf.

Karl hätte die Blumen am liebsten wieder zurückgezogen.

»Gefallen sie dir nicht?«

»Doch. Weiße Tulpen sind wunderbar.«

»Warum schaust du mich dann an, als sei ich ein Vollidiot?«

»Weil es sechs Tulpen sind«, sagte Lydia. »Einer Frau, deren Herz noch schlägt, schenkt man normalerweise eine ungerade Anzahl an Blumen. Eine gerade Anzahl Blumen kauft man nur, wenn jemand verstorben ist. Deswegen habe ich so geschaut.«

»Aha«, sagte Karl. Für einen Moment überlegte er, Lydia von Homer und Frau Kircheisen zu erzählen. Aber das würde sich anhören, als wäre die Blume für Frau Kircheisen eine Nötigung gewesen, und das wollte er nicht. »Ich freue mich über die Blumen, vielen Dank«, sagte Lydia. Sie ging in die Küche, füllte eine Vase mit Wasser und stellte die Blumen hinein. Dann drehte sie sich zu Karl um, der noch immer in der Diele stand, als sei er selbst unschlüssig, ob er kommen oder gehen wollte. Lydia zeigte ihm die Vase und lächelte. »Ich freue mich sehr«, sagte sie. »Wirklich.«

»Weißt du, wie ein Schornsteinfeger stirbt?«, fragte er.

»Wo hast du das denn ausgegraben?«, fragte Lydia. Und wieder lächelte sie so süffisant, dass Karl nicht umhinkam festzustellen, dass ihr Lächeln ihn kränkte.

»Weißt du's oder weißt du's nicht?«

»Er kehrt natürlich nie wieder«, sagte Lydia.

»Warum natürlich? Warum kehrt er natürlich nie wieder?«

»Herrje«, lachte Lydia, »weil das so alt ist, dass es schon biblisch sein könnte. Diese Fragen hat schon mein Großvater gefragt. Wie stirbt ein Schornsteinfeger, wie stirbt ein Schuster, wie stirbt ein …«

»Schon gut«, unterbrach Karl, »schon gut, ich wusste es nicht.« Er schaute auf die Garderobe, an der die Jacken und Mäntel hingen. Er könnte seine Jacke aufhängen. Er könnte sie auch anbehalten. Eine Garderobe war ja nur eine Möglichkeit, keine Verpflichtung. Er wusste nicht, was er wollte. Wenn die Diele ein Fenster hätte, durch das er hätte hinausschauen können. Nicht selten schaute man ja aus dem Fenster, um in sich hineinsehen zu können. Aber die Diele bildete keine Ausnahme zur sonstigen Lebenserfahrung, dass das, was man sich wünscht, selten da ist.

Wenn man sich wünschen würde, was schon da ist, wäre das Glücksdefizit des Lebens möglicherweise geringer. Er fasste in der Jackentasche nach seinem Smartphone.

»Willst du die Jacke anbehalten und Wurzeln schlagen?«, fragte Lydia mit hochgezogenen Augenbrauen.

Karl schüttelte den Kopf. »Ich gehe mit Linus noch eine Runde Fahrradfahren üben«, sagte er und rief laut nach seinem Sohn.

Nach einer halben Stunde kamen sie wieder. Linus mit zerrissener Hose, aufgeschlagenem Knie und verheultem Gesicht. Er rannte schluchzend in Lydias ausgebreitete Arme und holte sich Trost. Karl verspürte einen kleinen Ärger, weil es wirkte, als hätte er seinen Sohn nicht getröstet. Er konnte es Linus nicht verübeln, dass er sich einen zweiten Trost abholte, man nimmt sich, was man bekommen kann, aber er hätte sich auch gefreut, wenn Linus angesichts der ausgebreiteten Arme den Kopf geschüttelt und gesagt hätte, dass ein weiterer Trost nicht nötig sei, er habe bereits einen erhalten. Lydia hielt Linus fest in den Armen und sagte nichts, aber Karl hörte sie denken. Und es war nicht so, dass sie leise dachte. Sie dachte so laut, dass Karl versucht war, sich die Ohren zuzuhalten. Er spürte den Impuls, zu sagen, dass auch er schon Linus getröstet habe, andererseits wollte er sich nicht die Blöße geben, sich auf so erbärmliche Art als guter Vater zu präsentieren. Stattdessen sagte er: »Wer nicht stürzt, lernt nicht aufzustehen.«

Lydia schaute ihn fassungslos an. »Klingt, als hättest du einen Erziehungsratgeber aus dem 19. Jahrhundert gelesen. Bravo.«

Das Abendessen verlief schweigsam. Zwar saßen sie zusammen am Tisch, aber irgendwie war es doch so, dass jeder die Tür zugemacht hatte und für sich saß. Linus aus Müdigkeit, und Karl und Lydia meinten jeder für sich, dass der andere zuerst anzuklopfen hätte. Karl bemerkte, dass in der Vase nur noch fünf Tulpen waren. Er nahm sich fest vor, keine Bemerkung darüber fallen zu lassen. Linus aß kaum etwas, ließ die Hälfte auf seinem Teller liegen und fragte, ob er in sein Zimmer dürfe. Karl strich ihm über den Kopf und nickte. Als er aus der Küche verschwunden war, fragte Karl Lydia, was es ihrer Meinung nach zu bedeuten hat, wenn man die Hand eines anderen mit zwei Händen umfasst.

»Dass man jemanden festhält, natürlich«, sagte sie ohne zu zögern.

»Wie meinst du das?«, fragte Karl, »festhalten kann man doch auch mit einer Hand, wahrscheinlich sogar viel besser, als mit zwei Händen.«

»Zwei Hände vermitteln aber mehr Sicherheit, sie signalisieren, dass einer den anderen wirklich festhalten will.«

»Aber das hieße ja, dass, wenn man jemandem nur eine Hand gibt, man denjenigen nicht wirklich festhalten will. Meinst du das ernst?«, fragte Karl und schaute Lydia herausfordernd an.

Lydia legte ihr Besteck zur Seite, verschränkte die Arme vor der Brust und lehnte sich in ihrem Stuhl zurück. Sie blickte Karl genervt an. »Was soll das? Du stellst mir eine Frage, ich gebe dir eine Antwort, und dann fängst du an, an meiner Antwort herumzumäkeln. Kann es sein, dass dir meine Antwort nicht passt, weil du Linus heute nicht wirklich festgehalten hast?« Karl sah sie an, sah, wie die Wut ihr das ganze Gesicht vollschrieb, und es war nicht so, dass er sich nicht bewusst war, dass ihre Wut berechtigt war. Und vor allem war er sich vollends bewusst, dass er das, was ihm auf der Zunge lag, nicht sagen sollte. Er sollte sich entschuldigen. Dazu war er nicht fähig. Er sollte wenigstens aufstehen, aus der Küche gehen, durchatmen, einen Spaziergang machen, aber nicht das sagen, was ihm auf der Zunge lag. Aber: Es gab wenig Hartnäckigeres als Worte, die bereits auf der Zunge lagen. Karl schluckte. Mehrmals. Es war nicht so, dass er es nicht probierte. Er schmeckte die Macht der Worte. Die verdammte Macht.

»Bitte gib mir eine andere Antwort«, sagte Karl.

»Eine andere Antwort? Geht's noch?« Lydias Stimme wurde schrill. »Willst du jetzt darüber bestimmen, welche Antwort richtig ist?«

»So wie du meinst, darüber bestimmen zu dürfen, wie viele Blumen ich dir schenke. Deine Antwort ist einfach nicht gut.«

Lydia stand so abrupt auf, dass ihr Stuhl nach hinten kippte. Ohne Karl eines Blickes zu würdigen, ging sie wortlos aus der Küche. Im Flur hörte er sie zischen. Es kamen nicht viele Worte in Betracht, die sie zischen würde, das war Karl klar.

Er blieb noch eine Viertelstunde sitzen, starrte aus dem Fenster in die Dunkelheit, und es war nicht so, dass er sich gut fühlte. Er holte sein Smartphone aus der Tasche.

Liebe Karoline,
Ihre Antwort war großartig. Vielen Dank. Anstand und Herz. Etwas, das man will, etwas, das man braucht, etwas, das man nicht immer hat. Ich würde Ihnen gerne noch eine Frage stellen. Man möchte etwas Gutes tun, aber es wird nicht gut, sondern endet im Desaster. Was meinen Sie, woran liegt das?

Ich wünsche Ihnen einen guten Abend, kein Desaster.

Ihr Karl L.

Er legte das Smartphone vor sich auf den Tisch.

Er betrachtete die Tulpen in der Vase. Er hätte auch darüber lächeln können, dass Lydia eine entsorgt hat, um eine ungerade Zahl herzustellen. Sie hätten beide darüber lachen können. Stattdessen saß er alleine am Küchentisch und hoffte, dass sein Smartphone den Eingang einer Nachricht anzeigen würde.

Lieber Karl,
wenn etwas im Desaster endet, dann wissen wir in der Regel, woran es lag, zum Beispiel, dass der Bäcker anstatt Zucker Salz genommen oder der Bauarbeiter aus Versehen eine Gasleitung beschädigt hat. Wenn wir nicht verstehen, warum etwas, das wir gut machen wollten, schlecht geworden ist, kann es, glaube ich, nur daran liegen, dass etwas beteiligt ist, das wunderbar kompliziert ist. Das wunderbar Komplizierteste, das ich kenne, ist der Mensch. Und der Mensch scheint mir tatsächlich so wunderbar und so kompliziert zu sein, dass er das, was zum Glück führen

soll, in die Hölle führen und das, was scheinbar nicht zu retten ist, ins Glück führen kann.

Mein Abend ist vom Desaster weit entfernt. Das ist nicht wenig. Und doch misst man immer nur die Entfernung zum Glück. Meinen Sie, das ist richtig?

Ihre Karoline

Karl spürte den Impuls, gleich zu antworten, aber dann, hm, wurde er unsicher, befürchtete, dass sie ihn aufdringlich finden könnte, langweilig auch, wenn er gleich zurückschrieb, als hätte er nichts Besseres zu tun. Außerdem wollte er nicht voreilig eine Antwort schreiben, die nicht durchdacht war. Wenn er nicht wirklich zeigte, dass er sich Gedanken gemacht hatte, würde er sie unweigerlich enttäuschen.

Karl ließ das Smartphone auf dem Tisch liegen, stand auf, stellte den Stuhl auf, den Lydia umgeworfen hatte und räumte das schmutzige Geschirr in die Spülmaschine. Eine Weile sah er sich in der Küche um, die zusammen mit dem Wohnzimmer den größten Raum der Wohnung bildete, und versuchte den Raum mit Lydias Augen zu betrachten.

Mit den Pfannen fing er an. Er schrubbte sie, dann schmirgelte er mit Stahlwolle die eingebrannten Flecken weg, bis sie blitzten, und Karl sie zufrieden in seinen Händen hin und her drehte. Dann kratzte er die Speisereste vom Kochfeld, polierte es anschließend, bis sich sein Gesicht darin spiegelte, wischte dann mehrfach die Spüle aus und beseitigte auch den schmierigen Schmodder, der sich unter dem Sieb gebildet hatte. Die Öl- und Essigflaschen sowie die Obstschale drapierte er so lange hin und her, bis Karl sich das Arrangement als Motiv für das Cover eines Kochbuchs vorstellen konnte. Er war selbst erstaunt, wie aufgeräumt und freundlich die Küchenzeile auf einmal wirkte. Er überlegte, ob man Ordnung als Ausdruck von Freundlichkeit bezeichnen könnte? Zumindest würde man es schwerlich als unfreundlich bezeichnen können. Er klaubte die Fusseln zusammen, die sich an den Enden der Stuhlbeine gesammelt hatten, beseitigte die Spinnweben aus den Ecken, wischte den Staub von den Fensterbrettern und kehrte ausgeschnittene Zeitungsartikel, leere Streichholzschachteln und Spielzeugautos unterm Sofa hervor. Und die ganze Zeit über dachte er nach.

Es war kurz vor Mitternacht, als er sich eine Jacke überzog und sich auf den Balkon setzte. Er legte den Kopf in den Nacken und betrachtete den Mond. Etwas Helles im Dunkeln. Wie gut, dass es nicht andersherum war, dachte Karl. Wenn der Mond etwas Dunkles im Hellen wäre, taugte er schwerlich als Ausgangspunkt so vieler Sehnsuchtsphantasien. Für die Sehnsucht war es egal, wie weit der Mond weg war. Auch, wenn er noch eine Million Kilometer weiter weg wäre, so bliebe er doch etwas Helles im Dunkeln, eine Möglichkeit zum Träumen. Karl blieb noch eine ganze Weile so sitzen, bis er schließlich zum Smartphone griff.

Liebe Karoline,
ich glaube, dass der Mensch sich sehnen soll. Das, wonach man sich sehnt, ist einem näher, als das, wovor man sich fürchtet.

Mir fällt nicht oft die Bibel ein, aber in diesem Fall schon. In der Bibel steht: Fürchtet euch nicht. Dort steht nicht: Sehnt euch nicht.

Schlafen Sie gut.

Ihr Karl

Es dauerte keine zwei Minuten, bis das Smartphone aufleuchtete.

Lieber Karl,
vielleicht ist es aber auch so, dass Menschen, die sich sehnen, die tagträumen, sich vom Glück entfernen, da sie das Glück immer woanders verorten und nicht dort, wo sie sind.

Schlafen Sie auch gut.

Ihre Karoline

Liebe Karoline,
das ist ein interessanter Gedanke, vielleicht haben Sie recht. Möglicherweise ist es aber auch so, dass das Glück nie dort ist, wo man gerade ist, weil der Mensch denkt, das Glück müsse etwas Größeres sein, als das, was er wahrnimmt.

Lieber Karl,
ich mag Ihre Gedanken. Aber jetzt werde ich schlafen. Gute Nacht.

Karl lächelte, schaltete das Smartphone aus, legte den Kopf wieder in den Nacken. Er saß noch immer auf dem Balkon, hatte lediglich zwei Mails geschrieben, und doch überkam ihn das Gefühl, dass der Weg zum Glück kürzer geworden war. Es ist nicht so, dass ich gerade unglücklich bin, murmelte er vor sich hin. Schließlich stand er auf und ging ins Bett.

Lydia schlief. Ihr Atem ging ruhig. Karl betrachtete ihr Gesicht, die hohen Wangenknochen, die ihr ein aristokratisches Aussehen verleihen, aber auch einen herrischen Zug angedeihen lassen konnten. Er hatte das früh bemerkt und ihr gesagt, dass er ihn erst weich und schließlich ganz wegküssen würde, aber inzwischen küssten sie sich so wenig, dass der Zug selbst im Dämmerlicht sichtbar blieb. Dennoch war Lydia eine schöne Frau, eine sehr schöne Frau, und Karl registrierte durchaus die Blicke mancher Männer. Er fuhr ihr mit dem Zeigefinger sanft über die geschlossenen Augenlider, die bewegungslos ruhten und einen großen Frieden ausstrahlten. Dann gab er ihr einen Kuss auf die Wange und legte seinen Arm über Lydias Bauch. Es fühlte sich gut an, sie zu berühren, und es fiel ihm schwer, sich einzugestehen, dass es ihm leichter fiel, wenn sie schlief.

Er würde nicht von ihr träumen, das wusste er, noch bevor er einschlief.

Lydia stand zuerst auf. Als Karl in die Küche kam, empfing sie ihn mit offenen Armen, küsste ihn auf die Lippen und sagte, er sei wunderbar. Manchmal, fügte sie nach einer kurzen Pause hinzu. Dann lachte sie, und für Karl war es ein Lachen aus der Vergangenheit, so frei, so ungezwungen, so umarmend war es. Erstaunt sah er sie an, und das brachte Lydia noch mehr zum Lachen. Sie nahm seinen Kopf zwischen die Hände, küsste ihn erneut. »Ach du«, sagte sie und es klang, als sei auch sie in den Erinnerungen der Vergangenheit abgetaucht und krame nach dem, was verloren gegangen war.

Linus lag auf dem Boden und malte. Es sah nach einer Kritzelei aus. Karl tippte auf ein Monster. Er hatte den Eindruck, wenn Jungs keine wirkliche Idee hatten, lief es immer auf ein Monster hinaus. Es erweckte den Eindruck von Kreativität, war aber doch nur verpackte Langeweile. Das Frühstück war fröhlich, und Karl nutzte die Gelegenheit, Lydia zu fragen, was sie von den Trampolinen hält, die man überall in den Vorgärten sieht. Lydia lächelte und reichte ihre geöffnete Hand hinüber zu Karl. Er legte seine in ihre.

»Hast du auch schon dran gedacht?«, fragte sie.

»Was meinst du, ob ich auch schon dran gedacht habe?«, fragte Karl zurück.

»Na, dass wir fragen, ob wir so ein Trampolin im Garten aufstellen dürfen.«

»Du willst so ein Teil haben? Warum?« Unwillkürlich zog er seine Hand zurück und merkte schnell, dass Lydia irritiert war. Schnell griff er sich ein Brot aus dem Korb, dass es so aussah, als bräuchte er seine Hand zum Schmieren.

Lydia lachte. »Diese Dinger sind einfach großartig«, sagte sie und strahlte Karl an. »Trampolinspringen ist etwas so Wunderbares, so einfach und gleichzeitig so glücklich machend. Es ist unglaublich, für was es alles gut ist.«

»Für was denn?«, fragte Karl, aber eigentlich wollte er es gar nicht wissen. Und er hörte es selbst, dass seine Frage weniger neugierig, denn routiniert weghörend klang. Lydia ließ sich davon nicht beirren.

»Trampolin springen steigert den Lymphfluss und unterstützt damit die Entgiftung, es hilft bei Gewichtsproblemen, Osteoporose, Gelenkserkrankungen, Beckenbodenschwäche und Rückenschmerzen. Es beugt Allergien und Diabetes vor, stärkt das Immunsystem und ist eine sinnvolle Unterstützung bei Stress und Burnout.«

»Du klingst, als hättest du den Beipackzettel geschrieben«, sagte Karl.

»Für Linus wäre das doch klasse, wenn wir so etwas im Garten hätten. Wir könnten es ihm zum Geburtstag schenken, natürlich nur, wenn der Vermieter es erlaubt.«

»Linus hat keine Gewichtsprobleme, auch keine Osteoporose und auch keine Rückenschmerzen. Diabetes scheint mir auch nicht sein Problem zu sein und Burnout – Mon Dieu!« Karl rollte mit den Augen.

»Es macht auch einfach Spaß, Karl. Trampolinspringen macht Spaß. Weißt du, was Spaß bedeutet? Und Lachen? Du hast recht, vielleicht braucht Linus so ein Teil nicht, aber dir würde es mit Sicherheit guttun. Herrje, Karl, du bist manchmal steif wie zu lange geschlagene Sahne.«

»Entschuldige«, sagte Karl, »ich hatte gehofft, du würdest die Dinger genauso blöd finden wie ich.«

»Du solltest nicht etwas blöd finden, nur weil alle anderen es gut finden«, sagte Lydia.

Einen Moment überlegte Karl, ob er Lydia etwas von Wahrheit und Anschein von Wahrheit erzählen sollte, aber er ahnte, dass er damit kaum gegen Diabetes würde punkten können.

Er sagte, dass er Linus zum Kindergarten bringe und danach in den Knast fahre. Linus wollte eine kurze Hose anziehen, damit die anderen Kinder sein Pflaster auf dem Knie sehen könnten. Karl und Lydia sagten zeitgleich Nein und schüttelten bestätigend auch beide den Kopf.

Lydia sah zu Karl. »Früher fand ich es aufregend, irgendwie heiß, wenn du sagtest, dass du in den Knast fährst. Jetzt kommt es mir irgendwie arrogant vor.«

»Arrogant?«, fragte Karl.

»Ja, als wolltest du mir sagen, schau her, was ich für ein aufregendes Leben habe. Ich arbeite im Knast. Und …«

»Und?«, fragte Karl.

»Und du bist eine langweilige Physiotherapeutin, die sich mit Osteoporose beschäftigt.«

»So ist es nicht gemeint«, sagte Karl.

»Aber es klingt so. Für mich.«

»Das tut mir leid«, sagte Karl und machte Linus ein Zeichen, dass er sich beeilen solle, er würde unten auf ihn warten.

Auf dem Weg zum Kindergarten spielten Karl und Linus *Ich sehe was, was du nicht siehst*, aber Karl war nicht bei der Sache. Er nannte Dinge mehrmals, obwohl Linus sie längst verneint hatte, und wenn er selbst an der Reihe war etwas auszusuchen, vergaß er schon nach wenigen Durchgängen, was es gewesen war. Er schob sein Fahrrad, blieb aber dreimal mit einem Pedal an Mülltonnen hängen, was nicht einfach war, denn bei Licht betrachtet, standen sie nicht im Weg. Es gelang ihm nicht über seine Ungeschicklichkeit zu lachen, sondern er schob fluchend die Schuld irgendwelchen Trotteln in die Schuhe, die zu blöd seien, die Mülltonnen so hinzustellen, dass sie kein Hindernis bildeten. Linus verstummte, was Karl ebenfalls nicht zu bemerken schien. Am Eingang des Kindergartens umarmte er seinen Sohn, murmelte, dass, wenn das Pflaster nicht zu sehen sei, er die Wunde noch viel größer und blutiger beschreiben könnte, als sie eigentlich sei. Er könne von Glück reden, dass er eine lange Hose anhabe, so könne er behaupten, dass man fast sein Bein hätte amputieren müssen.

»Was heißt amputieren?«, fragte Linus.

»Abschneiden«, sagte Karl.

»Hättest du das gut gefunden, das Bein abzuschneiden?«, fragte Linus.

»Nein, natürlich nicht. Ich meine nur, das klingt doch spannend, irgendwie, oder?«

Linus schaute ihn fragend an. Dann sagte er ganz plötzlich Tschüss, drehte sich um und rannte zu den anderen Kindern.

Karl sah auf die Uhr. Er hatte noch Zeit und entschied sich, noch nicht aufs Rad zu steigen, sondern weiterzulaufen. Zwei Straßenkreuzungen weiter fiel Karl auf, dass Linus nicht Tschüss Papa gesagt hatte, wie er es sonst immer tat. Karl blieb stehen, es versetzte ihm einen Stich ins Herz, als ihm bewusst wurde, wie leicht man als Papa verloren gehen konnte, wenn man nicht aufpasste. Er war nachlässig gewesen, er wusste das. Es war leicht Vater zu werden und schwer Papa zu bleiben.

Alles im Leben musste man werden. Selbst ein Mensch.

Vielleicht war das die eigentliche Ursünde: Dass der Mensch glaubte, er sei etwas, was er in Wahrheit erst werden musste. Karl fragte sich selbst immer wieder, was dazu gehörte, ein Mensch zu werden. Und seit gestern trieb ihn die Frage um, ob eine Antwort auf die Frage *Wer steht auf und befreit den Panther?* dazu gehörte.

Er stieg aufs Rad, fuhr aber sehr langsam, weil er noch genügend Zeit hatte. Er hatte an seinem Rad einen Rennradlenker montiert. Das war für die Stadt nicht bequem, aber er fühlte sich jung damit. Ein horizontal geschwungener Lenker wäre bedeutend bequemer, aber damit fühlte er sich alt. Karl empfand das als deutlichen Hinweis, dass es gewinnbringend sein konnte, Unbequemlichkeit in Kauf zu nehmen. Diese Erkenntnis wollte er auch seinen Schülern im Gefängnis nahebringen. So hatte er vor einiger Zeit beantragt, eine Schulstunde auf dem Gefängnishof mit zwei Fahrrädern abhalten zu dürfen. Der Rektor hatte die Idee für albern gehalten, sie aber schließlich trotz einiger Bedenken wegen des Verwaltungsaufwandes genehmigt. Karl wollte, dass jeder Schüler auf einem Rennrad und auf einem sogenannten City-Rad mit Tiefeinstieg jeweils fünf Runden durch den Hof fuhr. Danach hatte er fünf Fragen gestellt, die jeder schriftlich beantworten musste.

1) Welches Rad war bequemer zu fahren?
2) Auf welchem Rad waren Sie schneller?
3) Auf welchem Rad hätten Sie auf Dauer Rückenschmerzen bekommen?
4) Auf welchem Rad fühlten Sie sich erfolgreicher?
5) Mit den Augen einer Frau: Auf welchem Rad würde sie den gleichen Mann cooler finden?

Später hatten sie dann alle denkbaren Lebensbereiche und -situationen betrachtet und überlegt, wie sie bequem, unbequem und gewinnbringend gemeistert werden könnten. Karl vergaß nie die Aufforderung, es mit den Augen einer Frau zu sehen. Immer wenn es darum ging, ob ein Handeln in den Augen einer Frau cool und sexy wäre, wurde deutlich, dass die unbequeme Variante die gewinnbringendere war, und plötzlich bekam alles Anstrengende im Leben einen Glanz, fing an zu leuchten und die Schüler schienen Karl motiviert, ihrem Leben eine neue Richtung geben zu wollen.

Wenn man der Wahrheit die Ehre gibt, hatte Karl gesagt, könnten Frauen die Welt retten. Aber das hatten die Schüler so nicht stehen lassen wollen. Frauen würden auch ganz schön nerven, und es gab nicht wenige, die meinten, sie seien überhaupt nur wegen Frauen im Knast. Außerdem sei es durchaus gewinnbringend, wenn die Frau das mache, was der Mann wolle. Als Mann müsse man auch aufpassen, dass einem nicht der Schwanz zur Muschi schrumpfe. Es war nicht so, dass Karl dachte, sie hätten mit allem unrecht.

Vor Karl tauchte das Gefängnis auf. Er dachte an das Gedicht von Rilke: *… hinter tausend Stäben keine Welt.* Aber es gab im Gefängnis eine Welt. Eine Welt, in der man alles bekommen konnte und für alles bezahlen musste. Wer nicht mit Geld oder Naturalien wie Tabak oder anderen Dingen bezahlen konnte, bezahlte mit Dienstleistungen, sei es, dass man jemanden im Auftrag zusammenschlug oder dass man sexuelle Dienste anbot. Wer glaubte, seine Schulden nicht zurückzahlen zu müssen, wurde eines Besseren belehrt und bekam, wenn nötig, den Mund von Zähnen entleert. Umsonst gab es nichts, selbst das Schweigen und das Reden hatten seinen Preis. Es gab nichts, was von der Verwertungskette ausgenommen war. Wer noch nicht begriffen hatte, was Kapitalismus bedeutet, lernte es im Gefängnis. Karl gab sich keinen Illusionen hin, er wusste, dass man das kaum Resozialisierung nennen konnte. Wahrscheinlich war es kein Zufall, dass man ein Fremdwort gewählt hatte, um wiederzugeben, was ein Gefängnisaufenthalt bewirken sollte.

Karl hatte von etlichen Schülern gehört, dass sie ihre Verbrechen zu naiv angegangen waren und deshalb geschnappt worden seien, im Gefängnis hätten sie viel gelernt, und beim nächsten Mal würden sie es schlauer anstellen. Karl lächelte.

Der Anschein der Wahrheit war die Resozialisierung, die Wahrheit selbst lautete: Kriminalisierung.

Vor dem Gefängnistor zückte er das Smartphone und schrieb an Karoline.

Es ist nicht so, dass ich nicht an Sie denke.

Bevor er die Nachricht abschickte, las er sie mehrmals durch. Zwar war es nur ein einziger Satz, aber es kam ihm vor, als zöge dieser Satz sehr viele weitere Sätze hinter sich her, die alle mitbedacht werden mussten.

Karl mochte die doppelte Verneinung, er empfand sie als elegant und unaufdringlich, nicht als arrogant, sondern wie ein Lächeln, das durch die Augen scheint. Dennoch war er unsicher, ob sein Satz nicht zu affektiert wirkte. Es war einfach, einen Satz zu schreiben, aber nicht einfach, einen Satz zu schreiben, der Herz und Intellekt vereinbarte.

Er hatte seine Schüler im Gefängnis mal gefragt, was der schönste Satz sei, den sie ihrer Freundin sagen würden. Bis auf einen, der seine Freundin als das Honigbrot des Lebens bezeichnen würde, nannten alle anderen den Satz Ich liebe dich. Dann hatte er sie gefragt, ob das auch der Satz sei, den sie am liebsten von ihrer Freundin zu hören bekommen würden. Da waren sie plötzlich unsicher geworden, und Karl hatte versucht, mit ihnen zusammen der Unsicherheit auf den Grund zu gehen. Es stellte sich heraus, dass sie das Gefühl hatten, der Satz sage sich zu leicht, man merke ihm keinerlei Mühe an, er drücke nichts Besonderes aus, sei zu allgemein gehalten. Und: sie alle hatten ihn schon viel zu oft gehört, schlechte Filme und billige Soaps hatten den Satz, der mal wertvoll gewesen war, zu einer Ramschware werden lassen.

Karl hatte dann versucht, ihnen die doppelte Verneinung nahezubringen: Es ist nicht so, dass du nicht das Honigbrot meines Lebens wärst. Es ist nicht so, dass ich dich nicht liebe.

Und es war nicht so, dass nicht alle, als sie die Sätze schließlich verstanden hatten, der Überzeugung waren, dass ein doppelt verneinter Satz zumindest nicht schlechter wäre, als ein einfach positiv ausgedrückter. Allerdings machte Karl ihnen deutlich, dass man aufpassen müsse, wie man die Sätze ausspreche, die Gefahr bestehe, dass man ihn falsch betone, dass man statt eines Punktes ein Komma spreche und dann würde der Satz keine Aussage mehr sein, sondern den Zweifel betonen, den man hege, und damit das Gegenteil dessen erzeugen, was man eigentlich sagen wolle. Jedenfalls, und das war ein Hauptpunkt, den Karl seinen Schülern begreiflich machen wollte, könne jeder Idiot mit dem Gehirn einer Schmeißfliege Ich liebe dich sagen, aber um seine Gefühle in einer doppelten Verneinung auszudrücken, brauche es mehr. Und Frauen, sagte Karl, Frauen fänden es nicht unattraktiv, wenn ihnen ein Mann gegenüberstehe, der dieses Mehr habe. Ein Mann dürfe niemals nur Schwanz sein, er müsse auch Fuchs sein.

Manchmal kam es Karl so vor, als wüssten seine Schüler nicht, was sie davon halten sollten, dass ihr Lehrer sich an solchen Sprachfeinheiten ergötzte, anstatt mit ihnen Aufgaben zu üben, die sie in der Abschlussprüfung beherrschen mussten, aber wenn ein am ganzen Körper tätowierter Mann, dessen Oberarme so dick waren wie Abwasserrohre einer Großstadt, und von dem Karl wusste, dass gefährliche Körperverletzung jahrelang zur täglichen Routine gehörte, plötzlich sagte: Es ist nicht so, dass ich was dagegen hätte, wenn wir heute kein Diktat schreiben, dann dachte Karl für einen Moment, dass vielleicht er die Welt retten könnte.

Heute übte er mit ihnen Rechtschreibung, gab ihnen anschließend einen kleinen Text zu lesen, zu dem er inhaltliche Verständnisfragen stellte, und bat sie zum Schluss der Stunde, eine einfache Frage auf einem Stück Papier zu beantworten. Sie könnten die Frage mit Ja oder Nein beantworten. Sie bräuchten keinen Namen auf den Zettel schreiben, er wolle nicht wissen, wer was geschrieben hat. Es sei lediglich eine Umfrage.

»Die Frage lautet: Sind Sie der Meinung, dass Sie zu Recht im Gefängnis sind?« Einige Schüler lachten auf, so dass Karl hinzufügte: »Stellen Sie sich vor, Ihre Mutter würde Ihnen diese Frage stellen.«

Eine halbe Stunde später schrieb er Karoline eine Mail.

Liebe Karoline,
ich habe Ihre Frage meinen Schülern gestellt. Von 23 Schülern antworteten 16 mit ja, sie sind zu Recht im Gefängnis. Neun von ihnen fügten hinzu, dass sie zwar zu Recht sitzen, aber zu lange. Sechs antworteten mit Nein und einer

schrieb, er wisse es nicht, manchmal denke er ja, manchmal nein.

Es ist übrigens nicht so, dass ich an Sie nicht mit einem Ja denke.

Ihr Karl

Mit klopfendem Herzen schickte er die Mail ab.

Er saß noch keine fünf Minuten auf dem Rad, da riss die Kette. Sofort dachte er an die Mail, die er gerade Karoline geschickt hatte, und fürchtete, dass der Kettenriss ein Zeichen wäre, dass auch der Kontakt zu Karoline abreißen würde, dass sein letzter Satz zu forsch gewesen war, sie erschrecken würde, weil er viel bedeuten konnte. Karl überlegte, ob er eine weitere Mail hinterherschicken, seinen Satz relativieren sollte. Aber er wusste, dass er genau das auf keinen Fall wollte, im Gegenteil, er wollte gar nichts relativieren, sondern am liebsten bestätigen, schreiben, dass sein Herz in Aufruhr war, wenn er an sie dachte, obwohl er nichts anderes als ein unscharfes Bild und ein paar Worte von ihr besaß.

Ein paar Straßen entfernt war ein Fahrradladen, der alle möglichen Bezeichnungen verdiente, Praxis, Werkstatt, Laboratorium, Forschungsstätte oder Therapiezentrum, aber am wenigsten die Bezeichnung Geschäft. Karl kam es immer so vor, als sei das Erbringen einer Dienstleistung und deren Bezahlung nur das Nebenprodukt im Kampf um das Erlangen von Weisheit. Hier wurde nicht an Fahrrädern herumgeschraubt, sondern erstmal überlegt, ob ein Fahrrad schon ein Fahrrad war oder Spielzeug, das erst zu einem Fahrrad gemacht werden musste.

Der Besitzer des Ladens war ein großgewachsener Mann um die fünfzig mit kurzen, schwarzen krausen Haaren, die so drahtig wirkten, dass sie Karl vorkamen, als seien es keine

Haare, sondern Kabel, die aus seinem Kopf wuchsen. Wenn er sich durch die Haare fuhr, was er oft tat, dann knisterte es, und Karl wäre nicht erstaunt, wenn es Funken sprühen würde auf seinem Kopf. Kam man mit einem Fahrrad zur Tür herein, sagte der Mann in der Regel erstmal nichts, und wenn er dann nach einer kleinen Ewigkeit ein langes *Hmm* brummte, war klar, dass man zu denen gehörte, die kein Fahrrad besaßen. Er näherte sich dem Fahrrad mit dem Blick eines Melancholikers, der darunter leidet, zu wissen, dass jedes kaputte Fahrrad niemals das letzte kaputte sein wird. Er war der Sisyphos der Fahrradmonteure, und er wusste, dass das sein Schicksal war. Kaum hatte er ein Fahrrad repariert, stand schon das nächste vor der Tür. Kaputte Fahrräder waren sein Lebenselixier, aber auch der Grund seiner tief verwurzelten Traurigkeit.

»Die Kette ist gerissen«, sagte Karl mit einer Stimme, als wollte er zeigen, dass auch er traurig war.

Der Fahrradmensch nickte, und dieses Nicken sagte nichts anderes als: Selig sind die, die nur die kaputte Kette sehen. Dennoch lag in diesem Nicken auch der unerschütterliche Trotz, der einen glauben ließ, dass es irgendwann wieder eine Welt gäbe, in der Fahrräder wieder Fahrräder wären und auch alle anderen Dinge die Wahrheit widerspiegelten, die ihre Namen versprachen. Während der Fahrradmensch Karls Fahrrad reparierte, erzählte er Karl, dass er vor Jahren mal verschiedene Stahlwerke besucht habe, weil er wissen wollte, wie Stahl hergestellt werde, denn Stahl sei nicht gleich Stahl, wie er feststellen musste, seit er sich mit Fahrrädern befasste. Selbst im gleichen Stahlwerk könne der Stahl unter gleichen Produktionsbedingungen eine große Bandbreite aufweisen und von Jahr zu Jahr variieren, so wie auch der Bauer auf seinem Feld nicht jedes Jahr die gleiche Qualität der Kartoffeln ernten würde, obwohl er nichts anders machen würde als im Jahr zuvor. Er setzte die neue Kette auf das Kettenblatt, drehte die Pedalkurbel, drückte ein paar Mal den Schalthebel und lauschte zufrieden dem Surren der Kette. Dann schaute er zu Karl, lächelte, weil er jetzt vielleicht kein wirkliches Fahrrad, aber zumindest etwas Ähnliches, das wieder funktionierte, vor sich hatte. Dann stand er auf und breitete seine Arme etwa einen Meter auseinander. »Weißt du«, sagte er zu Karl, »Fahrrad kann so viel sein.« Er fuhr mit seinen Augen die Strecke zwischen seinen Händen ab, und Karl ahnte, wie viel Spielzeug er vor seinem inneren Auge sah, bis das erste Fahrrad auftauchte. »Fahrrad kann so viel sein«, wiederholte er, und Karl ahnte, dass er in diesem Moment das Wort Fahrrad als Synonym für das Wort Leben gebrauchte. Wann hatte Karl zuletzt so einen hoffnungsvollen Satz gehört? Es war nichts verloren. Auch Leben konnte so vieles sein. Man durfte einfach nicht vergessen, dass es eine Bandbreite gab. Nicht die ganze Bandbreite war ein gutes Leben, aber scheitern konnte ein Leben doch nur, wenn man die Spur zu eng fasste.

Karl betrachtete die neue Kette, dann den hoffnungsgebenden Melancholiker. War dieser Mensch, der einen Zusammenhang zwischen Stahl und Kartoffeln herstellen konnte, der traditionelle Landwirtschaft mit moderner Produktionstechnologie verband, Vergangenheit und Zukunft zusammenführte, der das Maß der Bandbreite zur Messlatte des Glücks erkor, nicht womöglich ein Genie?, fragte sich Karl.

Zurück auf der Straße, setzte er sich auf eine Gartenmauer und hielt sein Gesicht in die Sonne. Er wollte Karoline schreiben. Er sollte Lydia schreiben. Er wusste, dass es ein Problem war, dass er eines wollte und das andere sollte. Und das, was er sollte, war eigentlich das, was er wollen sollte. Karl hatte ein Problem, und wenn Karoline zurückschreiben würde, würde es nicht verschwinden. Er zückte sein Smartphone und schrieb an Karoline.

Liebe Karoline,
ich finde es wunderbar, dass ich Ihnen schreiben darf. Ich denke daran, dass einer meiner Schüler nicht weiß, ob er zu Recht im Gefängnis sitzt. Ist das nicht verrückt, dass jemand nicht weiß, ob er schuldig ist oder nicht? Man weiß doch, ob man etwas getan hat oder nicht. Gibt es eine Bandbreite an Schuld? Was meinen Sie? Überhaupt, was halten Sie von dem Wort Bandbreite?

Es grüßt Sie
Ihr Karl

Er schaute auf die Uhr. Er hatte noch Zeit. Linus blieb heute bis um fünf im Kindergarten, außerdem würde Lydia ihn abholen. Er könnte seinen Vater besuchen. Die Frage war, ob er wollte. Und wenn er nicht wollte, ob er nicht musste. Außer ihm besuchte niemand Karls Vater. Können, Wollen, Müssen. Am Anfang denkt man, man könnte, und weil man könnte, fragt man sich, ob man will, und plötzlich erkennt man, dass man muss.

Auch der Panther dachte, dass er könnte, wenn er wollte, bis er merkte, dass die Gitterstäbe fest und unverrückbar waren.

Wer steht auf und befreit den Panther?

Karls Vater saß in seinem Sessel am Fenster und hielt die Augen geschlossen, als Karl ins Zimmer trat. Er schien Karl nicht bemerkt zu haben. Karl stand unschlüssig im Türrahmen. Wenn er jetzt wieder ginge, wäre er dennoch bei seinem Vater gewesen. Was konnte er dafür, dass der schlief? Er drehte sich um und schloss leise die Tür hinter sich. Da sah er am anderen Ende des Gangs die asiatische Pflegekraft auf ihn zukommen. Sie gab ein Handzeichen, dass sie ihn gesehen hatte, lächelte breit und zeigte ihm dann noch einen gestreckten Daumen, wohl als Bestätigung, wie toll sie es fand, dass er heute wieder seinen Vater besuchte. Karl lächelte zurück, schlug sich dann an den Kopf, stockte und machte eine Geste, als hätte er etwas vergessen. Drehte sich um und ging zurück in das Zimmer seines Vaters. Die Luft war stickig, und das Zimmer kam ihm auf einmal sehr klein vor. Dieses Zimmer war ein Mysterium. Trotz seiner geringen Größe, fühlte sich Karl dort manchmal so verloren, als habe es überhaupt keine Begrenzungen, keine Wände, nichts, was irgendeinen Halt versprach. Und im nächsten Moment erschien es ihm so klein, dass er meinte, darin zu ersticken, wenn er zu lange blieb. Heute war es klein. Karl ging schnellen Schrittes zum Fenster und riss es auf. Das Geräusch weckte seinen Vater. Er öffnete die Augen und nickte Karl zu, so als erteile er nachträglich sein Einverständnis, dass Karl das Fenster geöffnet habe. Vielleicht wollte er Karl mit diesem Nicken auch begrüßen. Karl wusste es nicht. Eine einzige Geste, und Karl überfiel eine ungeahnte Müdigkeit.

»Mensch, Vater, hier drinnen ist eine Luft, kein Wunder, dass du schläfst. Eher ein Wunder, dass du überhaupt noch aufwachst.«

Sein Vater zuckte die Schultern.

»Oder findest du die Luft hier drinnen gut?« Karl dröhnte seine eigene Stimme in den Ohren. Sein Vater sah ihn gleichgültig an, zuckte erneut mit den Schultern, und seine Lippen schienen das Wort *egal* zu formen.

»Weißt du Vater, für einen lebenden Menschen ist *egal* das schlimmste Wort. Das ist ein Wort aus dem Jenseits.«

Karl betrachtete seinen Vater mit einer Mischung aus Mitleid und Verachtung. »Ich verstehe auch nicht, warum du immer diesen blöden Pullunder anziehst. Es macht den Eindruck, als wolltest du unbedingt ein alter Mann sein. Ein kariertes Hemd und ein grauer Pullunder, herrje, ob man will oder nicht, da sieht man schon die Thrombosestrümpfe und den Katheter.«

Karls Vater drückte mühsam seine Hände gegen die Armlehnen und richtete sich etwas auf. Er beugte sich dann nach vorne, als wollte er seinem Sohn etwas sagen. Karl beugte sich zu ihm.

»Du hast es schwer mit mir.«

»Wir machen einen Spaziergang«, sagte Karl und holte den Rollstuhl aus der Ecke. Er stellte ihn neben den Stuhl und half seinem Vater, in den Rollstuhl zu steigen. Wenn ihn etwas tröstete an den Besuchen bei seinem Vater, dann dass er glaubte, keine Fragen mehr stellen zu müssen, sondern dass er einfach Entscheidungen treffen konnte.

Er schob seinen Vater in den nahegelegenen Park. Es war ein alter Friedhof, dessen jüngste Gräber aus der Mitte des neunzehnten Jahrhunderts stammten. Karl war gerne hier, er mochte die alten Grabsteine, hatte Spaß daran, die alten Inschriften zu lesen, und freute sich, wenn er eine entdeckte, die er noch nicht kannte. Er suchte eine Bank im Schatten einer großen Platane auf, schob seinen Vater daneben und setzte sich. Beide schwiegen. Karl wunderte sich jedes Mal, dass der Park so wenig besucht war, obwohl es kaum einen schöneren Platz in der ganzen Stadt gab als eben diesen Park. Nie war es ein Problem, eine freie Bank zu finden. Selbst wenn man mit zehn Menschen den Park besuchen würde, konnte man problemlos das Versprechen abgeben, dass jeder eine Bank für sich haben könnte. Der Park war eine grüne Oase, aber bis auf ein paar

Alte mit Rollator oder im Rollstuhl beanspruchte ihn kaum jemand.

Karls Vater saß leicht gekrümmt in seinem Rollstuhl, die Hände wie zum Gebet gefaltet. Karl kam es so vor, als beobachte ihn sein Vater aus den Augenwinkeln. Karl wollte nicht reden. Außerdem gab es genügend zu gucken, wie er fand. Er war müde und schloss die Augen. Als habe er diesen Moment abgewartet, fing sein Vater plötzlich an zu sprechen. Seine Stimme war schwach und brüchig wie eine Handvoll Erde, die zu zerbröseln drohte, wenn man sie zu fest drückte.

»Ich habe es auch schwer mit mir.«

Karl zeigte keine Reaktion. Er hielt die Augen geschlossen, er wusste auch nicht, wo er jetzt hätte hingucken können. Der Satz war ihm zu intim. Sein Vater war über achtzig, und jetzt auf einmal machte er so ein Fass auf. Was wollte er? Trost? Hören, dass er, Karl, es gar nicht schwer mit ihm hatte? Der Satz war so schwer und behäbig, wie sein Vater immer gewesen war. Karl wollte so tun, als habe er nichts gehört. Aber weil er den Satz natürlich doch gehört hatte, fühlte er sich jetzt schuldig. Er spürte, wie die Wut in ihm aufstieg. Sein Leben lang hatte sein Vater es so hinbekommen, dass er sich schuldig fühlte. Karl hatte sich schuldig gefühlt, weil er die anderen Kinder beneidet hatte, dass deren Väter mit ihren Kindern Fußball spielten, um die Wette rannten und überhaupt das Gefühl vermittelten, Leben habe etwas mit Schwung und Geschwindigkeit zu tun, während es seinem Vater nie bedächtig genug sein konnte. Sein Vater war erschöpft, und Karl glaubte, es habe mit ihm zu tun. Mit seinen Fragen. Seiner Aufgeregtheit. Seiner Ungeschicklichkeit. Seiner Existenz.

Er gab sich einen Ruck und öffnete die Augen. »Lass uns wieder zurückgehen, Vater«, sagte er. Sein Vater nickte, und Karl sah, wie seinem Vater eine Träne über die Wange rollte. Karl griff wortlos in die Tasche am Rollstuhl und kramte ein Päckchen Papiertaschentücher hervor. Er zog eines heraus und reichte es seinem Vater. Der nahm es, hielt es unschlüssig in seiner Hand und ballte die Hand schließlich zur Faust. Die Träne hing fest an seiner Wange wie ein Wassertropfen am Hahn, der nicht fallen wollte. Schließlich nahm Karl ein weiteres Papiertaschentuch und wischte seinem Vater die Träne von der Wange. Dann fasste er die Griffe des Rollstuhls, und mit einem Ruck setzte er ihn in Bewegung. Karls Vater hob die Hand und schüttelte den Kopf. Karl bremste abrupt.

»Was ist?«, fragte er und bemühte sich, nicht genervt zu klingen.

»Lass mich ein paar Schritte gehen«, flüsterte Karls Vater.

»Ich weiß nicht, ob … Okay«, sagte Karl schließlich und half seinem Vater aus dem Rollstuhl. Karls Vater benutzte den Rollstuhl wie einen Rollator und Karl ging langsam neben ihm her.

»Wir werden es noch vor Mitternacht schaffen«, versuchte er sich an einem Witz. Er spürte das Vibrieren des Smartphones in seiner Tasche. Ein Lächeln huschte über sein Gesicht, aber er unterdrückte den Impuls, die Nachricht sofort zu lesen. Er wollte allein sein, wenn er sie las. Sie gingen schweigend nebeneinander her. Das Laufen bereitete seinem Vater sichtbar Mühe, und obwohl Karl drei Mal anbot, ihn zu schieben, lehnte sein Vater ab. Im Pflegeheim wurde bereits das Abendessen ausgeteilt, und Karl war froh, einer Pflegekraft zu begegnen, die bereit war, seinen Vater an seinen Platz im Gemeinschaftsraum zu führen.

»Nicht so viele Kalorien«, murmelte sein Vater zu dem Pfleger.

»Ach, Vater«, sagte Karl und lächelte den Pfleger an, als wollte er sich für seinen Vater entschuldigen. »Ich glaube, du musst dir keine Sorgen um dein Gewicht machen. Oder was meinen Sie?«, wandte er sich an den Pfleger.

»Nein«, lachte der, »bestimmt nicht. Sie sind doch schlank und rank, Herr Löffelhans, Sie müssen eher schauen, dass Sie bei Kräften bleiben, das ist wichtig.« Er strich Karls Vater über den Oberarm.

»Siehst du, Vater, um Kalorien brauchst du dir keine Sorgen zu machen.«

Karls Vater packte seinen Sohn am Arm, als er merkte, dass der gehen wollte. »Die haben keine Ahnung hier.« Er nickte in Richtung des Pflegers. »Entscheidungen haben auch Kalorien, mein Sohn. Man weiß nur nicht, wie viele. Man weiß es einfach nicht. Manche Entscheidungen, die man getroffen hat, bekommen immer mehr Gewicht und andere verlieren an Gewicht.« Sein Blick wurde trüb, und Karl glaubte wahrzunehmen, wie sich seine Augen mit Tränen füllten.

»Ich muss jetzt gehen, wirklich. Lass es dir schmecken, Vater«, sagte er und drehte sich um. »Bis bald«, warf er, schon im Gehen begriffen, hinterher.

Draußen vor dem Eingang holte er mehrmals tief Luft. Dann kramte er das Smartphone aus der Tasche. Doch bevor er die Nachricht öffnete, steckte er das Smartphone zurück. Er war zu aufgewühlt. Karl hatte noch immer das Gefühl, dass sein Vater neben ihm, hinter ihm, um ihn herum war. Er musste Ballast abwerfen, bevor er Karolines Mail lesen konnte. Er vermutete, dass die Mail von Karoline war, er hoffte es. Er fuhr mit dem Rad zum Stehcafé und bestellte einen doppelten Espresso. Er stellte sich an die Glasfront, beobachtete das Treiben auf der Straße, folgte den Menschen, bis sie aus seinem Blickfeld verschwanden und auch jeglicher Gedanke an seinen Vater aus seinem Kopf war. Dann holte er das Smartphone aus der Tasche, und es war nicht so, dass er nicht feststellte, dass er das mit zunehmend klopfendem Herzen tat.

Es waren drei Nachrichten.

Von Karoline.

Noch ungelesen.

Schon das war der schönste Moment des Tages.

Lieber Karl,
Sie haben mir drei Nachrichten geschrieben, über die ich mich sehr gefreut habe. Ich schreibe Ihnen ebenfalls drei Nachrichten und hoffe, dass Sie sich auch freuen.

Sie fragten mich, was ich von dem Wort Bandbreite halte. Es ist kein Wort, das, wenn man es denkt und spricht, das Herz eng werden lässt. Das spricht sehr für das Wort. Andererseits habe ich mich heute geärgert, dass viele Menschen glauben, es gäbe eine große Bandbreite an gefärbter Flüssigkeit, die man glaubt, als Kaffee verkaufen zu dürfen.

Übrigens möchte ich Ihnen noch sagen, dass ich niemanden kenne, der mir solche Fragen stellt, und ich finde es wunderbar, dass Sie das tun.

Ihre Karoline

Lieber Karl,
Ihr Schüler, der nicht weiß, ob er zu Recht im Gefängnis ist, rührt mich, und ich merke, mein Herz ist mit den Unwissenden.

Ich finde es interessant, dass Sie meinen, man wisse doch, was man tut oder getan hat. Ich bin mir da unsicher. Ich zum Beispiel schreibe Ihnen, und ich bin mir nicht sicher, ob ich weiß, was ich tue.

Ihre Karoline

Lieber Karl,
tragen Sie eigentlich Trekkingsandalen?

Liebe Karoline,
Sie haben mich zum Lachen und zum Lächeln gebracht. Das ist keine kleine Bandbreite von Glück und auf jeden Fall ein Geschenk. Ich danke Ihnen.

Liebe Karoline,
da Sie mich nach Trekkingsandalen fragen, vermute ich, dass Sie diese Schuhbekleidung nicht besonders goutieren, und nun wissen wollen, ob Sie das Bild, das Sie sich von mir gemacht haben, möglicherweise revidieren müssen. Das ist ein legitimes Anliegen. Ich finde es erfreulich, dass Sie mit einer Frage versuchen, mir auf die Schliche zu kommen, und nicht einfach schreiben, dass Sie Trekkingsandalen hassen. Das zeugt davon, dass Sie über eine gewisse Bandbreite von Toleranz verfügen. Das ist nicht geringzuschätzen. Es ist so, dass ich keine Trekkingsandalen trage, und sollte ich nicht durch sehr unglückliche Umstände dazu gezwungen werden, auch in Zukunft keine tragen werde.
Ihr Karl

Karl bestellte noch einen Espresso, obwohl er wusste, dass sein Magen dem nicht mehr vorbehaltlos zustimmen würde. Wann hatte er sich das letzte Mal so leicht gefühlt. Er stand mit beiden Beinen auf dem Boden, aber wenn man ihn fragen würde, wäre er sich nicht sicher, ob er das bestätigen könnte. Sein Gefühl war, dass das Leben recht ballastfrei sein konnte, und vielleicht war es den vergangenen zehn Minuten geschuldet, dass er sich zum ersten Mal fragte, ob er sich ein Leben ohne Lydia vorstellen konnte.

Auf dem Rückweg traf er wieder Homer mit seiner Mutter.

»Mensch, Homer, dich treffe ich ja jeden Tag. Wie geht's?«

»Nicht schlecht«, antwortete Homer.

»Das freut mich«, antwortete Karl.

»Warum fragst du meine Mutter nicht, wie es ihr geht?«

Karl schaute entschuldigend zu Frau Kircheisen, dann zu Homer, dann lachte er. »Weil du immer schneller bist als ich, Homer. Bevor ich fragen kann, fragst du schon, warum ich nicht frage. Wie geht es Ihnen, Frau Kircheisen?«

»Mir geht es gut, vielen Dank«, lächelte sie.

»Und, stellst du mir heute gar keine Frage?«

Homer zuckte mit den Schultern. »Du weißt eh nix.«

»Homer«, wies Frau Kircheisen ihren Sohn in scharfem Ton zurecht. »Das ist nicht freundlich, das sagt man nicht.«

Homer zuckte erneut mit den Schultern. »Meine Mutter sagt, ich soll an dich glauben. Sie sagt, du bist klug. Aber du zeigst es nicht.«

Karl lachte, und Frau Kircheisen errötete. »Entschuldigen Sie bitte«, sagte sie, »das ist nicht … das habe ich so nicht …«

»Ach«, winkte Karl ab, »Sie haben ja recht, bisher habe ich noch keines seiner Rätsel gelöst. Komm, Homer, lass es mich nochmal probieren.«

»Also gut. Wie stirbt ein Spanner?«

»Ein Spanner?«, fragte Karl und schaute zweifelnd zu Frau Kircheisen. Homer fing an zu kichern. Frau Kircheisen nickte. »Ich musste es ihm erklären, er hat nicht lockergelassen.«

»Wir haben einen als Nachbarn«, sagte Homer kichernd. »Stimmt doch, oder?« Er schaute zu seiner Mutter. Frau

Kircheisen rotierte etwas unbeholfen mit dem Kopf, als müsste sie ja sagen, wollte aber lieber nein sagen. Karl überlegte. Ein Spanner. Was machte ein Spanner? Er schaut, er beobachtet. Aus einem Versteck heraus. Aber da war keine Redewendung, die ihm in den Kopf kam.

»Ich glaub an dich«, rief Homer, und dann lachte er ein verrücktes Lachen, wie es nur Menschen können, die befreit waren von der Sorge, dass man sie komisch finden könnte.

Als er sich beruhigte, lächelte Karl, hob entschuldigend die Schultern und sagte: »Ich weiß es einfach nicht, keine Ahnung, Homer. Verrat es mir, bitte.«

Homer grinste, als sei er von einer diebischen Freude durchdrungen. »Er ist weg vom Fenster. Der Spanner ist weg vom Fenster.« Dann lachte er so laut, dass es Karl vorkam, als kletterte das Lachen die Häuserfassaden hoch, verstärkte sich mit jedem einzelnen Stockwerk um das Doppelte, bis es zurückfiel auf die Erde, wo es die Straße entlang floss, sich in Sekundenbruchteilen von einem Bach zu einem Fluss zu einem Strom entwickelte, der alles mitriss, was in Hörweite war, so dass auch Frau Kircheisen und Karl von Homers Lachen mitgerissen wurden, wie auch Menschen, die sich gerade in ihren Vorgärten befanden, an den Garageneinfahrten hantierten oder auf Balkonen die Wäsche aufhängten, dem Zauber dieser unschuldigen Freude nicht widerstehen konnten und für einen Moment ihre Gesichtszüge von jeglichem Ernst befreiten.

Karl umfasste Homers Hand mit beiden Händen. »Homer, du bist einer der klügsten Menschen, die ich kenne.« Dann gab er Frau Kircheisen die Hand, wünschte ihr einen schönen Abend, setzte sich auf sein Rad und fuhr davon. Aus den Augenwinkeln sah er noch, wie Homer vor Freude in die Luft sprang.

Nach dem Abendessen spielten Lydia, Linus und Karl Uno. Ein einfaches Kartenspiel, über Verlieren und Gewinnen entschied ausschließlich das Glück. Somit brauchte niemand das Gefühl zu haben, er sei zu dumm oder nicht schnell genug, verfüge über zu wenig Erfahrung oder könne Spielsituationen nicht richtig einschätzen. Lydia hätte lieber ein Spiel gespielt, das Linus in seinen Fähigkeiten förderte, aber Karl hatte entscheiden dürfen, und Karl war der Meinung, dass Linus erkennen müsse, dass das Glück kommt und geht, wohin es will, dass man niemals vorhersagen könne, wann es wo auftaucht, und dass man dennoch nie aufhört, darauf zu hoffen.

Karl hatte überlegt, von seiner Begegnung mit Homer zu erzählen, aber er wusste, was Lydia ihm für einen Blick zuwerfen würde, wenn er in Linus' Anwesenheit von Spannern und Toten berichten würde. Sie würde nicht darüber lachen können, und wenn Linus lachen würde, obwohl er nichts verstünde, so würde sie ihm Vorhaltungen machen, dass Tod und Spanner keine Themen seien, mit denen Linus konfrontiert werden sollte. Und wenn Karl entgegnen würde, dass es sich nicht um ein Thema, sondern um einen Witz handele, wäre ihre Antwort zwei hochgezogene Augenbrauen.

Linus gewann eine Runde nach der anderen. Sein Lachen, das anfangs freudig und aufgeregt klang, wurde mit zunehmender Dauer nervend und höhnisch. Karl kam es so vor, als ob Linus immer weniger glaubte, dass seine Siegesserie etwas mit Glück zu tun habe, sondern davon ausging, dass seine Spielkunst entscheidend sei. Wenn Karl ihm sagte, dass er nicht darauf vertrauen dürfe, immer so viel Glück zu haben, nickte Linus zwar, aber an der Art, wie er die Bemerkung seines Vaters wegnickte, merkte man, dass er selbst erstaunt war, dass er so spielintelligent war und seine Eltern so wenig.

Lydia sagte nicht viel, und doch war es nicht so, dass sie unaufmerksam gewesen wäre, sie verpasste nie ihren Einsatz und wusste genau, ob sie aussetzen musste oder ob das Spiel durch eine Spielkarte auf einmal gegen den Uhrzeigersinn gespielt wurde. Sie hielt ihre Karten in der rechten Hand, die linke lag auf dem Tisch. Karl nahm seine Karten in die linke und legte seine rechte Hand auf Lydias. Nun lagen sie aufeinander, aber keine von beiden bewegte sich. Es war, als wüssten beide nicht, wie sie miteinander umgehen sollten. Vielleicht nicht mal, ob.

Linus gewann erneut, und schon während die Karten für eine neue Runde verteilt wurden, ging er davon aus, dass er auch diese gewinnen würde. Das Glück war zu einer Selbstverständlichkeit geworden. Karl schaute zu Lydia, dann auf ihre Hände, von denen man nicht wusste, ob sie aufeinander ruhten oder sich totstellten.

Um kurz vor elf kam eine Nachricht von Karoline. Es war ein einfacher Satz, nichts Besonderes, ein Satz, den man um diese Uhrzeit tausendfach hören konnte, und doch war es ein Satz, der Karls Herz in Aufregung versetzte, weil er wusste, dass er um diese Uhrzeit nur aus einer Sehnsucht heraus geschrieben sein konnte:

Ich wünsche Ihnen eine gute Nacht, Karl.

Er antwortete sofort.

Vielen Dank, liebe Karoline. Ich freue mich sehr über Ihren Wunsch. Haben auch Sie eine gute Nacht.

Danach ging er auf den Balkon und hielt sich am Geländer fest. Was für eine ungeheure Kraft doch im Nüchternen lag. Nüchtern bebte man, im Rausch schwankte man.

Am nächsten Morgen wurde er durch den Staubsauger geweckt. Er wusste, dass es Lydia eine Freude war, wenn sie von der Arbeit nach Hause kam und eine saubere Wohnung vorfand. Vor allem auf den Eingangsbereich legte sie Wert, ein sauberer Eingangsbereich sagt *Herzlich willkommen zu Hause*, ein vernachlässigter *Ach, du schon wieder*. So hatte es Lydia ihm mal erklärt, ihn dabei umarmt und seinen Körper verlangend gegen ihren gedrückt. Karl lag im Bett, verschränkte die Arme hinter seinem Kopf und fragte sich, ob jede Beziehung irgendwann zu einem Märchen verblasste, das mit den Worten begann: Es war einmal.

Lydia arbeitete heute in der Praxis, auf dem Weg dorthin brachte sie Linus in den Kindergarten. Karl wartete mit dem Aufstehen, bis er hörte, dass die Wohnungstür ins Schloss fiel. Er machte sich einen Kaffee und genoss es, lange am Fenster zu stehen und auf die Straße zu schauen. Wieder parkte gegenüber ein Auto vom Umweltamt, diesmal ein größerer Transporter. Karl sah einen Mann in einem weißen Schutzanzug aus dem Auto steigen und in das Haus gehen. Für die Umwelt konnte das kein gutes Zeichen sein. Männer in weißen Schutzanzügen waren für die Umwelt das, was Männer in schwarzen Anzügen für Menschen bedeuteten, die ihren letzten Atem gehaucht hatten. Karl konnte von seinem Fenster aus achtzehn parkende Autos erkennen. Davon waren nur vier keine SUVs. Im Grunde konnte Karl glauben, er wohne auf einem militärischen Truppenübungsplatz. Ein Blick aus dem Fenster, und man spürte, man musste sich wappnen für die Welt da draußen.

Es war nicht so, dass es nichts gab, was man sich größer wünschen könnte, Liebe, Intelligenz, Frieden, vielleicht auch die Brust oder den Schwanz, aber am Ende war es das Auto, das immer größer wurde. Und es war nicht so, dass sie nur größer wurden, sie wurden auch immer sicherer, sie wurden bequemer, sie wurden schneller, im Inneren wurden sie warm oder kalt, ganz wie man wollte, ihre Sitze ließen sich umklappen, verschieben und drehen, es gab Halterungen für Kaffeebecher und gekühlte Handschuhfächer für Champagnerflaschen, in den Kopfstützen waren Monitore eingelassen, und die Musikanlagen erzeugten einen Klang, dass man glauben konnte, man säße in einem rollenden Tonstudio. Es gab nichts, was diese Autos nicht waren, und nichts, was sie nicht wurden. Nur verlieben konnte man sich nicht in sie. Dazu fehlte ihnen die Schönheit. Man konnte diesen Autos unmöglich sagen, dass sie bezaubernd waren. Sie waren praktisch, so wie ein Stabmixer praktisch war, wenn man einen Kuchen backen wollte, aber wer verliebte sich in einen Stabmixer? Natürlich war Karl bewusst, dass es sich bei Autos um Fortbewegungsmittel handelte, aber nur, weil sich etwas fortbewegte, hinderte einen das ja nicht daran, sich zu verlieben. Karl erinnerte sich an das erste Mal, das er Lydia wahrgenommen hatte. Damals hatte auch sie sich fortbewegt. Er hatte an einer roten Ampel gewartet, als sie plötzlich von hinten aufgetaucht und einfach über die Straße gerannt war, als sei sie in so großer Eile, dass sie jede Risikobewertung außer Acht lassen wollte oder musste. Auf der anderen Straßenseite hatte sie kurz gestoppt, den Kopf geschüttelt und war dann wieder über die Straße zurückgerannt. Der Auftritt dauerte nicht länger als eine halbe Minute, und alles, was Karl wahrgenommen hatte, war, wie Lydia sich fortbewegte. Die Anmut ihrer Bewegung hatte ihn sofort für sich eingenommen, so dass er noch drei weitere Ampelphasen gewartet hatte, in der Hoffnung, sie würde ein weiteres Mal an ihm vorbeirennen. Lydia hatte sich damals so bewegt, wie Homer gestern gelacht hatte, dachte Karl: selbstvergessen, sich der eigenen

Wirkung nicht bewusst. Bezaubernd. Die Autos dagegen, die Karl auf der Straße sah, besaßen keinerlei Anmut mehr, sie prahlten mit Kraft und Praktikabilität. Dinge, die man in kriegerischen Auseinandersetzungen gebrauchen konnte, weil es im Krieg auf alles ankam, nur nicht auf Ästhetik.

Aus dem gegenüberliegenden Hauseingang kamen zwei Männer in weißen Schutzanzügen, die wild gestikulierten. Karl öffnete das Fenster und lehnte sich auf den Fenstersims, um die Straße weiter überblicken zu können. Etwa dreißig Meter links die Straße runter stand ein weißer Transporter in einer Hofeinfahrt. Karl hatte ihn vor gut fünf Minuten vorbeifahren sehen und vermutet, es wäre einer dieser immer häufiger zu sehenden Handwerkertransporter aus Osteuropa, mit denen Polen oder Bulgaren durch die Lande tourten und ihre Dienste anboten. Aber Karl sah den Familienvater, der im Erdgeschoss des Hauses wohnte, am Kofferraum des Transporters stehen. Karl kannte den Mann nur vom Sehen, wusste, dass er zwei Kinder hatte und eine Frau, die oft zum Friseur ging und doch nie mit einer Frisur zurückkam, zu der man ihr hätte gratulieren können. Ähnlich war es bei ihrer Kleidung. Karl kam es so vor, als wollte sie alles richtig machen, und dann lag sie mit ihren Entscheidungen doch immer daneben. Bei den Haaren bekam man nicht den Eindruck, dass diese ihren Kopf umschmeichelten, sondern, dass sie so etwas wie eine Sorge waren, die nicht in den Griff zu bekommen war, eine nicht zu stillende Wunde. Und bei der Kleidung kam es Karl so vor, als sei der Frau ihr eigener Körper fremd. Karl vermutete, dass die Frau nie sich selbst sah, wenn sie in den Spiegel schaute, sondern immer die Frau, die sie sich wünschte zu sein. Womöglich war das für sie ein großes Glück, dachte Karl.

Karl sah, wie der Mann sich weit in den Kofferraum beugte, um etwas herauszuholen. Er zog einen langen Karton aus dem Auto, trug ihn in den Garten, ging zum Auto zurück und holte den nächsten Karton. Einige der Kartons schienen recht schwer zu sein. Man sah dem Mann die Anstrengung an, die Kartons zu tragen, schon nach wenigen Metern wurde aus dem Tragen ein Zerren und Schieben, und der Körper, dem wohl nicht nur die Kartons zu schwer waren, sondern auch die Erkenntnis zu schaffen machte, schwächer zu sein als erhofft, wurde zu einem traurigen Anblick: wie ein krumm geschlagener Nagel. Als wollte der Mann den Eindruck, den er selbst von sich gewinnen musste, wegwischen, riss er umso heftiger die Kartons auf, was ihn auf bemitleidenswerte Art wütend wirken ließ. Er holte den Inhalt hervor und legte ihn auf den Rasen. Karl beobachtete das Treiben eine Viertelstunde. Die Ahnung, die ihn beschlich, als der Mann die Kartons in den Garten verfrachtete, wurde schnell zu Gewissheit, als er die ersten beiden Kartons aufgerissen hatte. Der Mann hatte ein Gartentrampolin gekauft, das er nun aufbauen würde. Karl schloss das Fenster, blieb aber noch eine Weile davor stehen. In Gedanken sah er die beiden Kinder auf dem Trampolin springen. Sie würden lachen, obwohl es nicht zum Lachen war. In seiner Tasse war noch ein Rest Kaffee. Er schüttelte die Tasse, so dass der Kaffee gefährlich nahe an den Rand schwappte. Der Kaffee war schon kalt und schmeckte schal. Karl fiel der Spruch von James Bond ein, der immer darauf bestand, seinen Martini gerührt und nicht geschüttelt serviert zu bekommen. Karl erinnerte sich, dass er lange nicht verstanden hatte, worin der Unterschied liegen sollte, aber als er in einem Zeitungstext die altertümliche Redewendung *gerüttelt Maß* als Synonym für eine gesunde Portion gelesen hatte, war ihm bewusst geworden, dass es wohl doch einen

Unterschied macht, wie manche Dinge bewegt werden. Es genügte ein Blick aus dem Fenster und man wusste: Den Menschen fehlte ein gerüttelt Maß an Vernunft, stattdessen besaßen sie eine geschüttelte Portion an Unvernunft.

Karl spürte, dass sein Blick ernst und traurig war, und erst als es ihm nicht abwegig vorkam, selbst zu James Bond werden zu können und wieder ein gerüttelt Maß an Vernunft herzustellen, huschte ein Lächeln über sein Gesicht.

Im Gefängnis besprach er im Unterricht ein Gedicht. Am Ende der Stunde hingen alle Schüler so erschöpft in ihren Stühlen, als hätten sie die Alpen überquert, obwohl sie vorgehabt hatten, nur eine Runde um den Block zu laufen. Es war nicht so, dass Karl das unzufrieden zur Kenntnis genommen hätte, denn in Wahrheit war Denken ja nichts anderes als Bewegung, und da durfte man auch mal in sauerstoffärmere Regionen vorstoßen, fand Karl. Fast alle seiner Schüler waren im Verstehen von Poesie jungfräulicher als jungfräulich, nicht nur ungeküsst, sondern vollkommen unberührt.

Bevor Karl etwas zu einem Gedicht sagte oder fragte, las er das Gedicht fünf bis zehn Mal laut vor, damit seine Schüler den Klang der Sprache wahrnahmen. Er sagte, ein Gedicht lesen sei wie ein Gericht essen. Erstmal müsse man schmecken, bevor man sich frage, aus welchen Zutaten es bestehe. Ein Gedicht, das sprachlich nicht schmecke, um das müsse man sich auch nicht weiter kümmern.

»Es ist ja so«, sagte Karl, »im Alltag sprechen die meisten Menschen Pommes rot-weiß, so ein bisschen matschig und fettig. Wenn sie sich aufregen, legen sie sprachlich noch eine Currywurst dazu, dann wird die Tonlage schärfer, etwas feuriger, aber im Geschmack bleibt es doch sehr grob und nuancenarm. Und wenn sie sich richtig bemühen, zum Beispiel, wenn sie jemandem ein Kompliment machen wollen, dann versuchen sie ein bisschen Farbe ins Spiel zu bringen, aber meistens sind das auch nur grob geraspelte Karotten, wässrige Tomaten und zu große Salatblätter, nicht mehr als ein kleiner Beilagensalat aus dem Supermarkt. Es bleibt sprachliches Fastfood.

Poesie dagegen wird mit sehr feiner Klinge geschnitten, da werden die Worte nicht wahllos aus dem Supermarktregal geräumt, der Garpunkt ist nichts, was Pi mal Daumen geschätzt wird, und blanchieren ist kein Begriff aus der Holzwerkstatt. Bei einem Gedicht explodieren eure Geschmacksnerven, da versteckt sich nämlich ein Universum an bisher unbekannten Galaxien von Gerüchen und Geschmäckern, Aromen und Gewürzen hinter euren Zähnen.«

Wenn Karl gefragt wurde, ob Gedichte auch einen ganz alltagspraktischen Nutzen hätten, sagte er, deren gäbe es viele, aber genau zwei, die besonders relevant seien: Wer Gedichte liest, der küsst besser, und außerdem falle es jemandem, der mit poetischer Sprache konfrontiert werde, schwerer, jemand anderem ein Messer in die Brust zu stechen, und wenn doch, dann vielleicht weniger tief. Insofern: Gedichte könnten Mord in versuchten Totschlag ändern, also Leben retten.

»Ist schwer, oder?« Tomislav Novak saß zurückgelehnt in seinem Stuhl und schaute Karl fragend an. Karl wusste nicht, worauf sich Novaks Frage bezog. Ob Novak das Gedicht meinte, oder dass das Unterrichten für Karl schwierig sei, oder ob sich Novaks Frage ganz allgemein auf das Leben bezog.

»Na ja«, antwortete Karl und hob hilflos seine Schultern. Es war nicht so, dass Karl nicht wusste, dass die Antwort

Na ja auf einer Dämlichkeitsskala aller Antworten einen vorderen Platz, wenn nicht gar den Spitzenplatz einnehmen würde. Na ja war eigentlich keine Antwort, sondern in Buchstaben gefasste Hilflosigkeit. Einem Na ja folgte in der Regel ein: Es kommt darauf an, aus welchem Blickwinkel man das betrachtet oder ein: Man kann es so oder so sehen. Wer Na ja sagte, meinte: Ich weiß es nicht, ohne es zugeben zu wollen. Das war wie jemand, der behauptete, springen zu können, und wenn man dann sagte Oh zeig mal, dann entpuppte sich das Springen als Hüpfen. Wenn man sich dann enttäuscht zeigte und sagte, das war doch kein Sprung, das war bloß ein Hüpfer, dann bekam man zu hören, das sei Ansichtssache, eine Frage der Perspektive. Und schon war Karl bei seinem Vater. Karl sagte, alle seine Mitschüler seien Arschlöcher, und sein Vater antwortete: Na ja, das scheint mir doch sehr pauschal zu sein, das hänge doch erstmal davon ab, wie man das Arschlochsein definiere.

Novak schaute Karl noch immer fragend an.

»Manchmal ist der Himmel blau und das Wetter trotzdem scheiße.«, sagte Karl schließlich.

Novak lachte auf und nickte. Dann sagte er: »Sagen Sie nochmal, bitte.«

»Manchmal ist der Himmel blau und das …«

»… Wetter scheiße«, vollendete Novak den Satz. Er lächelte und hielt den Kopf schräg, als wollte er, dass der Satz so besser in sein Gedächtnis einsickern konnte.

»Manchmal ist der Kaffee heiß, aber schmeckt trotzdem nicht«, sagte er gleich darauf zu Karl.

»Ist vielleicht noch schlimmer«, antwortete Karl. Später schrieb er beide Sätze auf und ließ sie in die Freiheit segeln.

Sein Herz war voll, und er schrieb an Karoline.

Liebe Karoline,
es ist wohl nicht verkehrt, zu sagen, dass ich Sie bei Licht besehen wenig kenne, und doch fühle ich mich Ihnen so nahe, als seien Sie mir vertraut wie eine Aprikose ihrem Kern.

Ich denke viel an Sie, und es ist nie so, dass ich mir wünschte, es möge ein Gedanke weniger sein. Wenn mich etwas beschäftigt, möchte ich das mit Ihnen teilen. Weil ich immer das Gefühl habe, dass sich durch Sie etwas zusammenfügt. Falls es eine Weltmeisterschaft im Puzzeln gibt, sollten Sie mitmachen.

Mich fragte heute jemand: Ist schwer, oder? Die Frage konnte sich auf alles beziehen, es war nichts Konkretes zu erkennen, auf das sie sich bezog. Meine Antwort war kraftlos und dumm, so dass ich mich ihrer schäme und sie nicht wiedergeben möchte. Ich bitte Sie, mir das nachzusehen. Mögen Sie mir sagen, wie Ihre Antwort gewesen wäre?

Es denkt an Sie
Ihr Karl

Lieber Karl,
ich freue mich so, dass Sie sich melden. Und mit Ihren Worten: Es ist nicht so, dass es übertrieben ist, das zu sagen.

Ich musste lachen, dass Sie mich fragen, was ich auf die Frage Ist schwer, oder? antworten würde. Vor zwei Tagen saß ich im Bus, und mir gegenüber zwei Männer Anfang Zwanzig, Studenten, nahm ich an. Sie saßen schweigend nebeneinander und sahen nicht glücklich aus. Aus dem Nichts heraus sagte der eine plötzlich Scheiß Leben, oder? Sein Nachbar zögerte kurz, nickte dann und sagte: Ja, scheiße, echt. Obwohl er seinen Freund in seiner Meinung bestätigte, hellten sich dessen Gesichtszüge nicht auf, im Gegenteil kam es mir so vor, als würden sie noch düsterer. Dass sein Freund ihn bestätigt hatte, schien ihm also kein Trost gewesen zu sein. Beide schwiegen dann auch wieder.

Ich erkannte, dass der Trost nicht in der Bestätigung liegt, sondern in der Hilfe, den Empfindungen und Gedanken eine neue Denkrichtung zu ermöglichen. Ich würde also antworten: Wenn etwas nicht leicht ist, heißt das nicht, dass es schwer ist.

Bei Ihnen, so oft.

Ihre Karoline

Liebe Karoline,
ich finde Sie wunderbar, und das bedeutet nichts anderes, als dass ich Sie wunderbar finde. Und Ihre Antwort finde ich großartig.

Lieber Karl,
meine Antwort finden Sie großartig und mich wunderbar. Das scheint mir fast etwas viel der Schmeichelei.

Liebe Karoline,
Sie haben vollkommen recht, meine Worte wären überzuckert, wenn ich Ihnen schmeicheln wollte. Aber es ist so, dass ich Ihnen gar nicht schmeicheln möchte. Der Zucker, den Sie möglicherweise empfinden, rührt aus der Süße meiner Empfindungen, die aus dem Herzen gespeist werden. Sie mögen mir glauben, dass da eine Diabetes ausgeschlossen ist. Was ich Ihnen sage und sagen möchte, kommt ohne Zusatzstoffe aus. Wenn Sie Wert darauf legen, begründe ich Ihnen meine Antwort auch.

Lieber Karl,
ich befürchte, es erscheint eitel, wenn ich Ihnen schreibe, dass ich ausgesprochen neugierig auf Ihre Begründungen bin.

Ihre Karoline

Am Abend spielte Karl mit Linus, während Lydia das Abendessen zubereitete. Im Hintergrund lief Musik. Musik war die Option, die gezogen wurde, wenn keiner von beiden Lust hatte, von ihren Tagen zu erzählen. Karl schob ein paar Matchboxautos hin und her, machte Brumbrum-Geräusche und fuhr mit seinen Autos gegen Linus' Autos. Linus schien zufrieden, aber Karl dachte unentwegt an Karoline. Obwohl es nur wenige Sätze waren, die sie hin und her schrieben, hatte er das Gefühl, dass sie sich stundenlang miteinander unterhielten: klug, inspirierend und heiter.

Er nahm die drei Matchboxautos, die Linus ihm zum Spielen zugeteilt hatte, und ließ mit großer Zerstörungslust alle drei gegen Linus' Wagenkolonne donnern. »Totalschaden«, sagte er und stand auf. Er ging zu Lydia, die irgendwas in der Pfanne wendete, und legte ihr eine Hand in den Nacken. Sie drehte sich zu ihm um und sah ihn fragend an. Ihr Blick war ihm unangenehm, so ernst, so fragend, als erwarte sie eine Erklärung. Ihm gelang ein schiefes Lächeln, dann wandte er sich ab.

Auch während des Abendessens beschlich ihn das Gefühl, dass sie ihm öfter einen Blick zuwarf, eine Ungeduld, die ihm vorkam, als warte sie darauf, dass er sich endlich äußere. Aber wie etwas sagen, wenn man nicht wusste, was.

Als er ins Bett kam, lag Lydia schlafend auf dem Bauch, den Kopf von seiner Seite weggedreht. Er zog ihre Bettdecke etwas zurück und betrachtete ihren Rücken. Es war ein unzweifelhaft schöner Rücken, und er wünschte sich, dass ihn die Lust überkäme. Ist es so, dass die Liebe es einem unmöglich macht, den Körper unabhängig von der Seele zu betrachten?, fragte er sich. Vielleicht war es einfacher, mit jemandem zu schlafen, den man nicht liebte. Er wusste es nicht. Vorsichtig legte er eine Hand auf ihre trockene Haut. Lydia zeigte keine Anzeichen, dass sie die Berührung wahrnahm.

»Wir haben es nicht leicht miteinander«, murmelte Karl, »aber ich bin mir auch nicht sicher, ob wir es schwer miteinander haben.«

Lydia richtete sich abrupt auf und drehte sich zu ihm um. Ihre Augen waren groß und wach, als ob sie noch keine Sekunde geschlafen, sondern im Stillen formuliert hätte, was sie nun zu sagen gedachte.

Karl war erschrocken über ihren Blick, den Zorn in ihren Augen.

»Karl, was ist eigentlich los mit dir?«, sagte sie mit einer Stimme, die nicht wusste, ob sie etwas sagen, brüllen oder schreien wollte. »Nicht leicht, vielleicht schwer, aber nicht sicher … du redest, als würdest du deine Worte im Mixer quirlen. Herrgott, warum stellst du nicht eine einfache Frage, zum Beispiel, wie es mir geht, oder ob wir mal wieder zusammen ins Kino gehen sollen? Warum tust du nicht einfach etwas, anstatt so hochtrabend daherzureden? Früher bist du manchmal einfach mit zwei Kinokarten gekommen und hast gesagt, hier, den Film müssen wir sehen. Du hast mich nicht gefragt, sondern entschieden, das war schön, du warst überzeugt, und ich … ich war stolz auf dich. Ja, stolz, weil es auch ein Zeichen von Liebe ist, wenn jemand einfach entscheidet und keine Widerrede zulässt. Und jetzt bist du so ein Zauderer, vielleicht leicht, vielleicht schwer … du legst eine Hand in den Nacken, auf meinen Rücken, als wartest du darauf, dass ich dir auch die Erlaubnis erteile, mich zu küssen. Herrgott, ich will keine Erlaubnis erteilen, ich will nicht, dass man mich fragt, ob man mich begehren darf. Ich will begehrt werden. Du kommst mir vor wie jemand, der nur noch Kommata setzt, mit Relativpronomen die Sätze verlängert und verlängert, Konjunktionen benutzt und sich im Konjunktiv wälzt, und wenn man wissen will, was du eigentlich sagst, dann kann man genauso gut im Trüben nach Muscheln tauchen. Du gehst mir auf die Nerven, Karl.« Mit diesen Worten legte sich Lydia wieder hin, drehte ihren Kopf zur Seite und zog sich die Decke in den Nacken. Karl starrte ungläubig auf das Deckenknäuel neben sich.

Noch überkam ihn weder Traurigkeit noch Wut, obwohl er das Gift schon schmeckte, dass in Lydias Worten lag. Vielmehr gingen ihm die interessanten Formulierungen, die Lydia benutzt hatte, durch den Kopf. Wie raffiniert, einen Charakter als Kommasetzer und Konjunktionsbenutzer zu beschreiben. Aber natürlich war ihm klar, dass sie nicht als Schmeicheleien gedacht waren. Eine Weile starrte er vor sich hin. Wie sie ihn wohl beschreiben würde, wenn sie glücklich wäre? Er stellte fest, dass das Bett zu klein geworden war für zwei, und die Luft würde auch nicht reichen. Schon jetzt hatte Karl das Gefühl, nicht genügend Luft zu bekommen.

»Du klingst, als würdest du alles richtig machen«, sagte Karl etwas hilflos, wie es ihm selbst vorkam. Lydia reagierte nicht, und Karl stieg aus dem Bett.

Die Uhr am Backofen zeigte halb zwölf an. Er setzte sich auf den Küchenboden, lehnte sich gegen den Kühlschrank, und zehn Minuten später waren in ihm sehr viele Sätze, die er Lydia hätte entgegnen können. Allesamt brillante Sätze, wie er fand, klug, metaphernreich, rhetorisch ausgefeilt und inhaltlich von solch intellektueller Brillanz, dass er von sich selbst beeindruckt war.

Ihre Beschreibung seines Charakters gefiel ihm, gerne hätte er ihr das gesagt. So wollte er sein: nicht eng, sondern, sich mit Kommata öffnend, weit, sich mit Konjunktionen erklärend und vielfältig, in den Möglichkeiten des Konjunktivs betrachtend. Aber sie hatte ihn auch Zauderer genannt. Vielleicht hatte sie recht. Wann hatte er das letzte Mal etwas entschieden, war für etwas eingetreten ohne Wenn und Aber, hatte ein Ausrufezeichen gesetzt? War er nicht einer von denen geworden, die melancholisch die Welt betrachteten und wehmütig dachten, wie sie auch anders sein könnte? Aber stand er noch auf und befreite den Panther? Stand er auf? Befreite er den Panther? Karl, befreist du den Panther? Der Gedanke ließ Karl nicht mehr los. Er spürte, wie sich Aufregung in ihm breitmachte, wie sich ein großes Fenster von Möglichkeiten auftat, wie sein Spiegelbild vor sein inneres Auge trat und eine neue Gestalt annahm. Immer stärker nahm Karl wahr, dass diese Nacht zu einer Chance werden konnte. Er musste sich nur entscheiden. Karl, du musst dich nur entscheiden.

Karl entschied sich und spürte, wie das Blut in seinem Körper immer stärker pulsierte, als säße ein Steuermann in seinem Herzen, der unablassig die Schlagzahl erhöhte, zu viel, um weiter stillsitzen zu können. Verrückt, dachte Karl, wie sich in dem gerade noch gefühlten Unglück ein Streifen von Glück ausbreitete. Etwas Helles im Dunkeln.

Karl stand auf, schüttelte die Beine aus und simulierte ein paar Boxschläge. Wie viel Kraft er auf einmal spürte. Plötzlich so voller Energie, so voller Lust. Karl überlegte, ob es nicht möglich sei, gleich loszugehen. Die Zeit verging so langsam. Mühsam, so kam es ihm vor, sammelte die Uhr die Sekunden auf, bis sie endlich eine Minute gefüllt und eine

Ziffer hinter sich ließ, fast so, als wollte sie Karl aufhalten. Aber in ihm wollte alles voran. Er war so ungeduldig und so voller Vorfreude, wie ein Boxer, der endlich in den Ring gelassen werden wollte, oder wie ein Rennpferd, das ungeduldig mit den Hufen scharrte, bis man ihm endlich die Sporen in die Flanken trieb. Karl konnte es gar nicht fassen, wie beschwingt er sich auf einmal fühlte. Nur weil er eine Entscheidung getroffen hatte. Er hatte noch nichts getan, nur beschlossen, etwas zu tun. Hatte sich entschieden. Das war alles. Er würde warten, bis zwei Uhr morgens, dann war die Wahrscheinlichkeit, dass noch jemand wach war und ihn bei seinem Tun beobachten würde, gering, sehr gering. Er beschloss Karoline eine längere Mail zu schreiben, setzte sich an den Küchentisch und nahm sein Smartphone in die Hand.

Liebe Karoline,
ich denke so viel an Sie.

Karl zögerte, bevor er weiterschrieb. Er löschte den Satz. Dann schrieb er ihn erneut. Und löschte ihn ein weiteres Mal. Plötzlich lachte er auf, als ihm bewusst wurde, dass er auch jetzt wieder ein Zauderer war. Er hatte Angst. Angst, die Kontrolle zu verlieren. Was für ein Risiko so ein paar Worte um diese Uhrzeit doch waren. Was, wenn Karoline die Worte als gierige Tentakeln, die sich an ihr festklammern wollen, empfinden würde. Solange die Worte bei ihm blieben, waren sie unter seiner Kontrolle, aber wenn er die Worte nicht schrieb, würde die Welt, die die Worte eröffnen könnten, hinter tausend Stäben verborgen bleiben.

Ich denke so viel an Sie, schrieb er erneut und setzte ein Ausrufezeichen hinzu. Ich versprach Ihnen zu begründen, warum ich Sie wunderbar finde.

Es gibt einen Jungen in der Nachbarschaft, den ich sehr mag. Er hält sich für einen schlauen Fuchs und mich für einen Trottel. Und jedes Mal, wenn er mich trifft, gibt er mir Gelegenheit zu zeigen, dass ich kein Trottel bin. Aber ich scheitere jedes Mal. Und dennoch bin ich immer glücklich, wenn ich ihn sehe. Und wenn ich darüber nachdenke, kann ich es mir eigentlich nicht erklären. Bei jeder Begegnung gibt er mir etwas mit, das ich nicht in Worte fassen kann. Er gibt mir etwas, aber es ist kein Gepäck, sondern etwas, das mich leichter macht. Etwas zu bekommen, das einen nicht beschwert, ist ein Geschenk, das man sich nicht selbst schenken kann. Und als solches Geschenk empfinde ich den Kontakt mit Ihnen. Dass ich Ihnen schreiben darf, erfüllt mich mit so großer Freude, denn ich fühle, dass ich immer reicher, aber nicht schwerer werde.

Ich möchte Ihnen noch erzählen, dass mich seit einiger Zeit das Gedicht *Der Panther* von Rilke beschäftigt. Ich bespreche das Gedicht gern im Unterricht, weil es in dem Gedicht ja auch um Freiheit und Gefangensein geht. Jahrelang dachte ich, es sei ein rein beschreibendes Gedicht, das durch intensive Darstellung des Äußeren das innere Erleben des Panthers deutlich werden lässt. Inzwischen frage ich mich, ob das Gedicht nicht eigentlich eine Beschreibung eines Fehlers ist. Sie kennen wahrscheinlich diese Suchbilder, bei denen man die Fehler im Bild finden soll. So kommt mir das Gedicht inzwischen vor: dass es dem Leser eine Aufgabe stellt: Finde den Fehler!

Der Hauptfehler des Gedichts ist meines Erachtens: dass der Panther gefangen ist. Ein Panther hinter Stäben ist falsch. Es ist falsch, dass er gefangen ist, weil ein Panther hinter Gittern nur der Anschein eines Panthers ist. Dem Panther wird eine Welt vorenthalten und der Welt ein

Panther vorgegaukelt. Ist es nicht so, dass wir einen Fehler korrigieren müssen, wenn wir einen finden? Ich habe mich entschieden, heute Nacht einen Gitterstab zu entfernen.

Das ganze Leben kommt mir vor wie ein Suchbild, und es ist nicht so, dass man wenige Fehler findet, wenn man sie sehen will.

Ganz bestimmt kein Fehler sind Sie!

Ich denke so viel an Sie.

Ihr Karl

Er legte seinen Daumen auf den SENDEN-Button und sein Herz klopfte wie verrückt. Er zögerte, obwohl er wusste, dass er sie abschicken würde. Er zögerte, weil er nicht wusste, wie Karoline auf die Mail reagieren würde, ob sie überhaupt darauf reagieren würde. Er hatte Angst, dass sie ihn für verrückt hielt, dass seine Mail zu schwer geraten war. *Das ganze Leben ein Suchbild … nachts, einen Gitterstab zu entfernen* … klang das nicht ein bisschen irre, geeignet, ihn für einen Psycho zu halten?

Aber wie wollte er gesehen werden, wenn er seine eigenen Gitterstäbe um sich herum stehen ließ? Irgendwann muss man etwas zeigen, mit dem man sich angreifbar macht. Das war auch eine Wahrheit.

Karl atmete tief durch, dann schickte er die Mail ab, dann schloss er für einen Moment die Augen, dann stand er auf, dann schaute er auf die Uhr. Es war kurz vor ein Uhr. Er ging zur Geschirrschublade, holte ein Obstmesser, ein großes Bratenmesser und eine Haushaltsschere heraus. Er hatte keine Ahnung, was sich für sein Vorhaben am besten eignen würde, wollte für alle Fälle vorbereitet sein. Die Messer wetzte er an einem Schleifstab und fuhr mehrmals mit dem Zeigefinger über die Klinge, um die Schärfe zu prüfen. Karl hatte das Gefühl, dass die Messer schwerer geworden waren, sie lagen anders in der Hand, und er bekam den Eindruck, dass er auf einmal andere Bewegungen mit ihnen machen konnte, Bewegungen, die ihm sonst ungelenk vorgekommen wären. Sein Kopf ließ die Messer zu Waffen werden. Und sein Körper reagierte auf die Messer, er fühlte sich gespannter an, muskulöser auf eine Art, archaischer. Es war nicht so, dass Karl das Gefühl unangenehm war.

Noch eine halbe Stunde. Er würde etwas Einfaches tun und einfach etwas tun, so wie Lydia es formuliert hatte. Ob sie bemerkte, dass er aufgestanden war? Ob er ihr davon erzählen würde, was er getan hatte, wenn er sie am Morgen sehen würde? Er packte die Messer und die Schere in eine Stofftasche und rollte sie zu einem Bündel zusammen. Dann stellte er sich ans Fenster, steckte die Hände in die Hosentaschen und schaute in die Dunkelheit hinaus. Kein Auto kam die Straße entlang, und kein einziges Fenster war erleuchtet. Niemand ahnte, dass Karl am Fenster stand, einen Plan im Kopf, ein Messer in der Hand. Er fühlte sich erhaben in dem Gefühl, dass er für die Menschen in diesem Moment unsichtbar war, aber in ihm alles leuchtete.

In seinem ersten Kurs hatte er die Schüler gebeten, ein Gefühl zu beschreiben. Die meisten hatten das Gefühl des Verliebtseins oder das Gefühl der Enttäuschung geschildert, skizziert, wie sie betrogen, verlassen oder verraten wurden, und all das hatte Karl damals eigenartig berührt, weil es zeigte, wie verletzt und verletzlich die Männer waren, die tätowiert und muskelbepackt den Eindruck erwecken wollten, als seien doch vor allem sie in der Lage, Verletzungen herbeizuführen. Aber nachhaltig beschäftigt hatte ihn die Beschreibung eines Schülers, der schon durch seine äußere Erscheinung auffällig war. Er war sehr schlank, trug meistens ein weißes Hemd und oft eine Weste dazu und bat darum, nicht mit seinem richtigen Namen Ziegenbart, sondern ausschließlich als Herr Z angesprochen zu werden. Schon von seiner Kleidung passte er überhaupt nicht zu den anderen Gefangenen, die vor allem das trugen, was bequem war, und das hieß für gewöhnlich Jogginghose, T-Shirt und Badelatschen. Z hatte einen schmalen, akkurat gestutzten Schnurrbart, der ihn zusammen mit seiner Kleidung wie einen Dandy aus den Zwanzigerjahren wirken ließ. Er wirkte in seiner Erscheinung arrogant, und normalerweise wäre er niemand gewesen, der im Gefängnis auch nur einen Fuß auf den Boden bekommen hätte. Dennoch ließ man ihn in Ruhe, und wenn man von ihm sprach, dann mit unverkennbarem Respekt und hinter vorgehaltener Hand, so wie man von Menschen sprach, die man insgeheim bewunderte. Z war so etwas wie der Gourmet unter den Verbrechern. Er sorgte für gute Zutaten, eine angemessene Vorbereitung und zeigte auf distinguierte Art, dass man sich seine Taten schmecken lassen könne. Wenn man mit Messer und Gabel essen könne, brauche man für einen Bankraub keinen Vorschlaghammer. Karl wusste nicht mehr, ob Z das tatsächlich so gesagt, oder ob er es ihm in den Mund gelegt hatte, jedenfalls schien es Karl eine treffende Charakterisierung von Z zu sein. Z hatte mit insgesamt acht Banküberfällen in vier Jahren für Furore gesorgt. Sein Vorgehen war dabei immer dasselbe gewesen. Er betrat die Bank in feinem Zwirn, wünschte dem Bankangestellten freundlich einen guten Tag, schlug dann den Mantel zurück, zeigte seine Pistole, die er in einem Schulterholster trug, reichte dem Bankangestellten eine lederne Reisetasche und sagte: »Machen Sie es sich und mir nicht schwer. Es ist bloß Geld.« Bevor er die Bank verließ, erinnerte er noch daran, dass sich mancher Banküberfall zu einer unangenehmen, manchmal tödlichen Geiselnahme entwickelt habe, weil irgendwelche Neunmalklugen zu früh die Polizei gerufen hätten. Es wäre schade, wenn man ihm das zumuten würde.

Karl wusste das alles aus Zeitungsartikeln, die er im Internet über Z gefunden hatte. Er hatte Z gegoogelt, nachdem ihn ein Kollege auf seine Geschichte aufmerksam gemacht und darauf hingewiesen hatte, dass man im Internet eine Menge Berichte über ihn finde.

Im Gefängnis waren Bankräuber hoch angesehen, man sprach ihnen ein höheres Maß an Intelligenz und Bildung zu als dem gewöhnlichen Verbrecherfußvolk. Da sie sich mit Banken, also den mächtigen Schaufelrädern der kapitalistischen Gesellschaften, anlegten, haftete ihnen so etwas Robin Hood-Mäßiges an, als seien sie Kämpfer für eine gute Sache, während alle anderen gewöhnliche Kriminelle waren, die nur ihre eigene erbärmliche Existenz im Blick hatten.

Z genoss aber nicht nur aufgrund seiner Verbrechen höheres Ansehen, sondern, weil er trotz seiner arroganten Erscheinung nicht arrogant war, im Gegenteil, er half anderen Gefangenen bei der Formulierung von Anwaltsschreiben und Liebesbriefen. Viele Gefangene wussten, dass es weder ein Selbstläufer noch eine Selbstverständlichkeit war, dass ihre Frauen oder Freundinnen draußen auf sie warteten. Z gab ihnen Hilfestellung bei Briefen, die die Vorstellung nähren sollten, dass in den Männern ein nicht unerhebliches Maß an Romantik schlummerte, auf das es wert sei zu warten.

Z hatte damals geschrieben, das mit Abstand wunderbarste, großartigste Gefühl sei es, an einem schönen Frühlingstag gegenüber einer Bank zu stehen, frisch gewaschene und gebügelte Kleider anzuhaben, geputzte Lederschuhe zu tragen und zu wissen, dass man die Bank auf der anderen Straßenseite in wenigen Minuten ausrauben wird. Um sich herum geschäftiges Treiben, Menschen, die von A nach B eilen, um ihr Leben halbwegs auf die Reihe zu bekommen, der Lärm von Autos und Motorrädern, die die Straßen entlang brausen, alles um einen herum ist in Bewegung, ist laut, ist abgelenkt, nur man selbst steht still da, ist ruhig und konzentriert. Nie ist man so sehr bei sich selbst, wie in dem Moment, bevor man sein Leben aufs Spiel setzt. Das Wissen, man ist anders als all die Menschen, die da gerade um einen herumschwirren, weil man gleich etwas tun wird, das den anderen Menschen höchstens im Traum einfallen würde. Sich herauszunehmen, einfach stillzustehen und die Minuten verstreichen zu lassen, während alle anderen laufen, rennen und reden, um sich ihrer selbst zu vergewissern. Zu wissen, dass man mutiger, entschlossener und verrückter ist. Zu spüren, dass man einzigartig ist. Das sei ein Gefühl, das man niemals vergesse.

Karl stand am Fenster. Noch immer sah er im fahlen Licht des Nachthimmels keinen Menschen auf der Straße. Kein Auto. Einmal leuchtete plötzlich ein Fenster, aber das Licht war rasch wieder ausgegangen, wahrscheinlich ein Toilettengang. Alle schliefen und Karl war wach. Ihn durchfuhr der Gedanke, ob er nicht eine lächerliche Figur war. Sich erhaben zu fühlen, weil man nachts am dunklen Fenster stand, mit einem Messer in der Hand, war womöglich eine Sache von kleinem Geist. Sein Vorhaben war eine einfache Sache, er setzte niemandes Leben aufs Spiel, schon gar nicht seines. Dennoch: Stand außer ihm jemand am Fenster und war bereit, ein Ausrufezeichen zu setzen?

Sein Puls war ruhig, er fühlte sich gut, später einmal würde er Linus davon erzählen. Es war kurz vor zwei, es war Zeit, er war bereit. Karl zog sich eine dunkle Jacke über, packte die Stofftasche und schloss vorsichtig die

Wohnungstür hinter sich. Es war kälter, als er gedacht hatte. Er zog den Reißverschluss bis zum Kragen zu und ging die Hofeinfahrt hinaus zur Straße. Obwohl sein eigentliches Ziel links lag, bog er nach rechts ab. Es war so, dass er dachte, falls ihn entgegen aller Wahrscheinlichkeit jetzt doch jemand sähe, dann könnte dieser Jemand bezeugen, dass er nach rechts gegangen war, obwohl links etwas passiert war. Nach ein paar Schritten wurde ihm bewusst, dass dies eine erschreckend simple Überlegung war, bei Licht besehen von so banaler Größe, dass sie es nicht mal wert wäre, in einem Handbuch für Verbrechensanfänger erwähnt zu werden. Er einigte sich mit sich selbst, dass er einfach nach rechts abbog, weil er Lust dazu hatte und weil er auch so an sein Ziel kam. Dunkel gekleidet lief Karl im Schatten der Häuser: Er war dunkel im Dunklen, und das gefiel ihm besser, als schwarz im Schwarzen zu sein, wie ihm seltsamerweise als Vergleich durch den Kopf fuhr. Die Dunkelheit ist arm an Licht, aber die Helligkeit ist nicht verloren, nur vorübergehend abwesend. Im Schwarzen hingegen ist das Licht fern, verloren, da ist kein Schimmer, der an die Tür klopft und um Einlass bittet. Schwarz wurde etwas, wenn dem Dunklen das Licht ausging. Karl lächelte. Diesen Satz fand er von nicht gerade geringem Esprit und wollte ihn aufschreiben, wenn er wieder zu Hause war. Im Radio hatte er neulich jemanden von einem schwarzen Herzen sprechen hören und unwillkürlich gedacht, na, wenn das stimmt, dann ist's bitter.

Er fragte sich, warum er nicht viel öfter nachts durch verlassene Straßen lief. Die Vereinsamung, die ihn beschlich, war eine, mit der er sich einverstanden fühlte.

In Gedanken fragte er Lydia, ob sie mit ihm einen Nachtspaziergang machen würde. Ihre schnelle Antwort überraschte ihn. Er hatte gehofft, sie würde erstmal still lächeln.

Wie stellst du dir das vor?, fragte sie mit dem leicht schrillen Ton der Fassungslosigkeit und dieser gereizten Stimme, die schon während sie sprach unsicher war, ob es wirklich wert war, auf seine Frage ernsthaft zu antworten. Wir haben ein Kind, was ist, wenn es aufwacht und keiner da ist? Das kann nicht wirklich dein Ernst sein. Außerdem müssen wir beide früh aufstehen, vielleicht erinnerst du dich, dass wir arbeiten und Linus in den Kindergarten muss. Ich bin froh, wenn ich nachts schlafen kann und nicht spazieren gehen muss.

Wochenende?, fragte Karl.

Wochenende, wiederholte Lydia nicht mehr so schrill, dafür mit dem etwas unwilligen, fast schon verzweifelten Ton, ob es wirklich sein müsse, diesen Quatsch durchzubuchstabieren. Am Wochenende möchte ich ausschlafen und mir die Tage nicht durch Nachtspaziergänge kaputtmachen.

Es war nicht so, dass Karl behaupten konnte, Lydia hätte unrecht. Im Gegenteil, keines ihrer Argumente war das, was man als unplausibel bezeichnen könnte, und dennoch überfiel Karl eine leichte Traurigkeit, als ihm klar wurde, dass Lydia eine Lebenspraktikerin war. Lebenspraktiker waren Menschen, die zwei Fliegen mit einer Klappe … und den Nagel immer auf den Kopf …

Fliegen waren wahrscheinlich die Lebewesen, die bei den Worten *praktisch* und *effizient* am meisten kotzen konnten, obwohl sie die kleinsten Mägen hatten. Womöglich würden Fliegen die Menschen weitaus weniger nerven, wenn es für die Menschen nicht ein Lebensglück wäre, zwei von ihnen auf einmal in das Totenreich zu schicken.

In ein paar Minuten würde Karl etwas Praktisches zerstören, und das würde er mit Freude tun. Auch das hatte Z gesagt, dass man eine Bankfiliale mit einer gewissen Freude im Herzen überfallen müsse. Für einen Überfall bedürfe es der Lust und Zuversicht. Man brauche etwas im Magen, aber nicht so viel, dass man sich träge fühle, man solle gewaschen sein, aber nicht so poliert, dass das Anarchische verlorengehe, und wenn man sich in seiner Kleidung wohl fühle, dann spüre man die Heiterkeit im Herzen, die es brauche, um das Risiko des Erwischtwerdens als Herausforderung zu begreifen.

Karl griff fester um die Stofftasche und bog um die letzte Ecke. Er war einmal ums Viertel gelaufen und jetzt wieder auf der Straße, in der er wohnte. Schräg gegenüber auf der anderen Straßenseite lag sein Ziel. Er blieb stehen und sah sich um. Es war niemand zu sehen. Er ging los. Vor dem Haus blieb er ein weiteres Mal stehen und schaute sich um. Niemand zu sehen, am Haus selber waren alle Fenster dunkel. Karl ging ein paar Schritte in die Hofeinfahrt, wobei er seine Schritte sehr vorsichtig setzte, um kein unnötiges Geräusch zu verursachen, dann bog er rechts ab in den Garten. Vor ihm stand das vor wenigen Tagen aufgebaute Trampolin mit Sicherheitsnetz. Es war das erste Mal, dass er so einem Ding so nahe stand. Fast fühlte er so etwas wie Ehrfurcht. Wie ein Bergsteiger, der noch einmal zum Gipfel schaute, bevor er in die Wand stieg. Plötzlich hörte Karl einen Hund bellen. Er erstarrte vor Schreck, löste sich aber schnell aus seiner Angst, und in einer Mischung aus Kriechen und Hechten warf er sich unter das Trampolin. Das Herz schlug ihm bis zum Hals. Gab es in dem Haus einen Hund, einen freilaufenden? Hatte der ihn bemerkt, stürmte er auf ihn zu? Er kniete auf dem Boden und vergrub seinen Kopf zwischen den Händen. Wenn der Hund auf ihn zugestürmt kam, wollte er ihn wenigstens nicht sehen. Karl sah sich plötzlich vor seinem inneren Auge mit Bisswunden übersät unter dem Trampolin verenden, und das war ein Tod, der ihm doch erbärmlich vorkam. Seine verkrampfte Haltung war schon jetzt eine Zumutung für einen würdevollen Tod. Karl war erstaunt, wie klar er denken konnte, dass ihm dieser Tod unangebracht schien, dass er glaubte, einen besseren verdient zu haben. Die Vorstellung, man würde ihn in dieser Haltung unter dem Trampolin hervorziehen, womöglich eingeschissen und mit vor Angst entgleisten Gesichtszügen, führte ihm vor Augen, dass sein Leben vor einer großen Erbärmlichkeit nicht gefeit war.

Er dachte an Z und wie der ihm mit einem spöttischen Lächeln davon abriet, größere Verbrechen ins Auge zu fassen, als ein Trampolin zu zerstören. Karl war klar, dass es auch solch armselige, schäbige, kümmerliche, trostlose Tode geben musste, schon allein deshalb, damit die Menschen dem Tod eine gewisse Ehrfurcht entgegenbrachten. Aber ausgerechnet er: In unvorteilhafter Haltung unter einem Trampolin in einem fremden Garten, ohne Möglichkeit letzte Worte sagen zu können, das kam ihm irgendwie ungerecht vor, so als sollte er für Sünden büßen, die er gar nicht begangen hatte. Karl meinte, dass es da andere gäbe, die das eher verdient hätten, zum Beispiel der Kollege, der vor nicht langer Zeit einer Praktikantin mit den Worten *Geschenke Gottes sind für alle* an die Brüste gefasst hatte.

Karl hatte noch nie ernsthaft über das Sterben nachgedacht, aber einfacher als das Leben schien es auch nicht zu sein.

Endlich erinnerte er sich, dass er sein Schicksal selbst in der Hand hatte, ließ die Stofftasche fallen, und viel zu umständlich hantierte er, bis es ihm gelang, eines der Messer am Griff zu packen und herauszuholen. Auf Knien rutschend drehte Karl sich um die eigene Achse, das Messer zum Zustechen bereit. Wieder hörte er den Hund bellen, aber jetzt realisierte Karl, dass das Gebell aus einem der Nachbarhäuser drang. Er hatte sich getäuscht. Er hatte gedacht, etwas wäre nahe, obwohl es weit weg war. Vielleicht war es mit Lydia genauso, fuhr es ihm durch den Kopf. Am liebsten hätte er laut aufgelacht über seine Dummheit, seine Angst, seine Tötungsbereitschaft. Karl schüttelte den Kopf, als ihm bewusst wurde, dass er soeben ernsthaft überlegt hatte, welcher Körperdrehungen es bedurft hätte, um dem Hund das Messer ins Herz stoßen zu können, bevor der ihn mit seinen fletschenden Zähnen zu fassen bekommen hätte.

Ein zweiter Hund fing an zu bellen, wütender, wie es Karl vorkam, so als wollte er dem ersten zurufen: Halt dein blödes Maul, Scheißköter. Und das wünschte sich Karl in diesem Moment auch. Tatsächlich hörte das Gebell auf. Karl blieb dennoch einige Minuten unter dem Trampolin, bis er sicher war, dass die Ruhe nicht nur trügerisch war.

Es blieb ruhig, und Karl bedauerte, dass er höchstwahrscheinlich der einzige war, der wusste, dass der zweite Hund einen Orden verdient hatte.

Sein Atem beruhigte sich, und er kletterte unter dem Trampolin hervor. Das Messer noch immer in der Hand. Er streckte sich, um wieder an Größe zu gewinnen und das lächerliche Bild des Trampolinverstecks loszuwerden. Festen Schrittes umrundete er das Trampolin, das wie ein Monolith der Hässlichkeit aufragte, und wäre dabei fast über einen der beiden steinernen Blumenkübel gestolpert, die er in der Dunkelheit übersehen hatte. Er ließ sich nicht beirren, machte ein, zwei Ausfallschritte, und fast kam Karl sich dabei vor, als tanzte er um das Trampolin herum, wie ein Boxer um seinen Gegner, der auslotete, wann er seinen ersten Schlag setzen würde. Abrupt blieb Karl stehen und setzte das Messer an. Das Netz war nicht leicht zu zertrennen, und obwohl Karl das Bratenmesser geschärft hatte, brauchte es einige Kraftanstrengung, bis er das Netz auf eine Länge von etwa einem Meter zerschnitten hatte. Das gleiche machte er noch an vier anderen Stellen.

Er holte den Stoffbeutel unter dem Trampolin hervor, wischte das Messer daran ab, als würde er es von Blut reinigen und steckte es hinein. Dann verließ er den Garten, und obwohl es keine zweihundert Meter zu seinem Haus waren, ging er den Umweg zurück. Seine Schritte ließen sich nicht leichtfüßig setzen. Er fühlte sich seltsam gefangen. Einerseits spürte er eine Leichtigkeit, fast eine Euphorie, die er zu gerne rennend beflügelt hätte, und andererseits hatte sich eine unerklärliche Schwere seiner bemächtigt, die ihm wie Pech an den Fußsohlen klebte, so dass sich sein Schritt ungelenk anfühlte, und wenn er kurz seinen Schatten im Licht einer Straßenlaterne sah, schien auch dieser ihm außer Balance geraten zu sein.

Es dauerte eine Weile, bis er sich wieder in deutlichen Worten gewahr wurde, warum diese Trampoline mit Sicherheitsnetz falsch waren, dass sie eine verlogene Wahrheit vermittelten, warum es richtig war, sie zu zerstören. Je klarer er die Worte und die Argumente in seinem Kopf formulieren konnte, desto mehr geriet die Betrübnis darüber, etwas zerstört zu haben, in den Hintergrund.

Es war noch nicht vier Uhr, als er wieder zu Hause in der Küche auf die Uhr am Backofen schaute. Er verstaute die Messer, holte ein Bier aus dem Kühlschrank, setzte sich an den Küchentisch und überprüfte den Eingangsordner seiner Mails. Keine Nachricht. Karl fühlte sich erschöpft, aber auch zu aufgedreht, um schlafen zu können. Er wünschte sich, jemand säße ihm gegenüber, jemand, mit dem er anstoßen und lachen könnte, über belangloses Zeug reden, über das Wetter, Küchenstühle, Apfelsorten, über etwas, das ihn nicht zum Nachdenken herausforderte und keine Widersprüche hervorrief, die er bedenken müsste. Er wünschte sich eine Leichtigkeit, die dem Bild eines Mannes, allein am Küchentisch mit einer Flasche Bier vor sich, etwas entgegensetzte.

Er wünschte, Homer käme zur Tür herein, würde ihm eine Rätselfrage stellen und den Raum mit seinem Lachen erbeben lassen. Seine Tat kam ihm auf einmal surreal weit weg vor. Er war sich nicht mehr sicher, ob die Bilder in seinem Kopf – er gekrümmt und vor Angst zitternd unter dem Trampolin kauernd, er beinahe um die Blumenkübel tanzend, er mit dem Bratenmesser ein Netz durchtrennend – wirklich etwas mit ihm zu tun hatten.

Karl stand auf, stellte das Radio an und war dankbar, dass eine Frauenstimme gerade die Verkehrsmeldungen sprach. Er trank noch ein zweites Bier und fand, dass er nun ein anderes Bild abgab, da er etwas tat: Radio hören. Mit der Musik war er sehr einverstanden, zwar kannte er viele Lieder nicht, aber sie waren so zusammengestellt, dass man sicher sein durfte, dass die Sonne bald und sowieso immer wieder aufging.

Karls Smartphone vibrierte um Viertel nach fünf. Er griff sofort danach.

Lieber Karl,
ich habe Ihre Mail schon vor Stunden gelesen und seitdem kaum geschlafen. Ich bin verwirrt. Ich habe mir Sorgen um Sie gemacht und mache sie mir immer noch. Was heißt das, Sie wollen einen Gitterstab entfernen? In der Nacht? Für mich klingt das bedrohlich, es macht mir offen gestanden Angst. Ihre Andeutungen klingen dunkel, oder bilde ich mir das nur ein? Aber etwas in der Nacht tun, bedeutet doch, es im Schutz der Dunkelheit zu tun? Ich

würde gerne Näheres erfahren, aber gleichzeitig weiß ich nicht, ob ich es tatsächlich wissen will. Bitte machen Sie nichts Unbedachtes.

Und eigentlich wollte ich Ihnen schreiben, dass mich Ihre Worte sehr berührt haben. Sie haben zwei Mal geschrieben, dass Sie so viel an mich denken. Es ist lange her, dass ich das gehört habe. Sie sind ein sensibler Mensch. Und ich mag Ihren Humor. Sie sind in meinen Tagen sehr präsent geworden. Oftmals führe ich imaginäre Gespräche mit Ihnen. Das irritiert mich. Es beglückt mich, und es erschreckt mich. Wir kennen uns ja im Grunde nicht, nur über die Nachrichten, die wir uns schreiben. Wir haben uns einmal gesehen, und ich muss gestehen, dass ich Sie nicht mehr ganz deutlich vor Augen habe. Ich stelle fest, dass mich das gar nicht stört, weil mich die Bilder von Ihnen, die durch Ihre Nachrichten entstehen, beglücken. Es ist so schön, mit Ihnen zu schreiben, und vielleicht bin ich Ihnen viel näher, als wenn ich Sie sehen würde. Verstehen Sie das? Ist das verrückt, was ich schreibe?

Ihre Karoline, hellwach.

Karl las die Mail immer und immer wieder. Vor allem an den Worten Sorgen, Angst und erschrecken blieb er immer wieder hängen, als wären sie fett gedruckt. Karoline hielt ihn für undurchsichtig, wie er befürchtet hatte. Er wollte ihr zurückschreiben, ihr erzählen, was er gemacht hatte, ihr versichern, dass es eine harmlose Geschichte war, und ihr auch den Hintergrund seiner Handlung erläutern. Und ja, er wollte ihr schreiben, dass er sie gerne sehen würde.

Dann hörte er das Knarren der Holzdielen und verstand, dass Lydia aufstand. Er legte das Smartphone aus der Hand und setzte Teewasser auf. Als sie in die Küche kam, kochte es, er nahm den Wasserkocher beiseite und lächelte Lydia an. Sie schaute ihn erstaunt an, holte einen Teebeutel aus der Schublade, nahm den Wasserkocher, ließ Wasser ein und stellte ihn auf das Heizelement.

»Warum grinst du?«, fragte sie.

»Ich grinse nicht, ich lächle«, sagte Karl.

Lydia schwieg und wartete, bis das Wasser kochte. Sie goss ihren Tee auf und drehte sich zu Karl. »Hm«, brummte sie, »freut mich, dass du gute Laune hast, aber ich sehe keinen Grund zum Lächeln. Ich jedenfalls habe keine Lust, so zu tun, als sei nichts gewesen.«

»Herrgott, was ist denn los?« Karl merkte, dass er fast schrie, und senkte seine Stimme. »Ich habe gelächelt, ich wollte freundlich sein, sonst nichts. Soll ich dich mit ernstem Gesicht anschauen, nur weil wir uns gestritten haben?«

»Du hast eine Fahne.«

»Ich habe zwei Bier getrunken.«

Lydia rollte die Augen. »Morgens?«

»Nachts. Ach, Lydia …«

»Ach Lydia …«, wiederholte Lydia, und der Spott in ihrer Stimme war nicht zu überhören. »Weißt du, Karl, ich bin heute Nacht aufgewacht, du warst nicht da, und es hat mir nichts ausgemacht. Es war mir egal. Verstehst du, es hat mir einfach nichts ausgemacht. Das sollte es aber, verdammt. Und das hat es auch mal.«

Karl schaute Lydia an. »Und jetzt?«, fragte er mit leiser Stimme. »Ich meine, was heißt das jetzt?«

Lydia zuckte mit den Schultern. »Dass es so nicht weitergeht, schätze ich.«

»Ich verstehe das alles nicht«, sagte Karl, »plötzlich ist da so ein Berg zwischen uns, ich meine gestern war da noch ein Hügel, vielleicht auch zwei, aber verdammt nochmal kein Berg.«

»Vielleicht ist genau das das Problem, dass du nicht verstehst.« Lydia nahm mit beiden Händen ihre Tasse, führte sie vorsichtig zum Mund, probierte einen Schluck zu trinken, verzog das Gesicht und pustete, bevor sie die Tasse wieder auf die Küchenplatte stellte.

»Vielleicht ist auch das Problem, dass du manches nicht siehst, Lydia. Oder es nicht sehen willst. Das Wasser hatte bereits gekocht, als du kamst, es war alles fertig, du brauchtest nur noch das Wasser in die Tasse zu füllen, und stattdessen gießt du in das kochend heiße Wasser kaltes und kochst es nochmal. Das ist doch absurd. Du willst gar nicht sehen, was gut ist, was da ist, sondern siehst nur das, was du sehen willst. Deine Gedanken spielen dir einen Streich, und du fällst darauf rein, so ist das.«

Lydia schüttelte den Kopf. Karl schwieg mit gesenktem Kopf. Im Abstand von etwa zwei Metern standen sie still nebeneinander an die Küchenplatte gelehnt.

»Weißt du«, begann Karl, aber Lydia schüttelte energisch den Kopf und unterbrach ihn. »Nein, nein«, sagte sie, »hör auf, mir etwas einreden zu wollen. Wenn ich nicht registriert habe, dass du das Wasser schon aufgesetzt hattest, dann doch deshalb, weil ich überhaupt nicht damit gerechnet habe, und warum habe ich nicht damit gerechnet? Weil du praktisch nie Teewasser aufsetzt. Meine Erfahrung ist die, dass ich mit solch einer Geste nicht zu rechnen brauche. Weißt du, Karl, absurd ist, dass du ausgerechnet heute den Wasserkocher in die Hand genommen hast, ausgerechnet heute, nachdem wir uns gestritten haben. Das ist doch irgendwie billig.«

Wir unterhalten uns tatsächlich über Wasserkocher, dachte Karl. Zum ersten Mal fragte er sich, ob sie sich sprachlich vielleicht schon getrennt hatten. Ihre Sprache war so profan geworden, alles Wertschätzende, Liebevolle,

Verführerische war verschwunden, wie bei einem Haus, das bis auf die Grundmauern entkernt worden war. Es konnte noch als Haus bezeichnet werden, aber alles Leben war weg, der Geruch war überall gleich staubig, und alle Zimmer, die einst zusammen eingerichtet worden waren, waren nun kahl, und selbst Worte, die man gemeinsam gefunden hatte, um das Schwungrad der Liebe in Bewegung zu halten, Worte, die ein Tisch, ein Bett, ein Teppich, ein Essen, einen Spaziergang, eine Umarmung, einen Kuss bedeuten konnten, waren jetzt nur schlechter Atem. Wie anders waren die Wortwechsel mit Karoline.

»Du hasst mich«, sagte Karl.

Lydia schüttelte den Kopf. »Nein, das tue ich nicht«, sagte sie leise.

»Ich wecke jetzt Linus. Räum wenigstens die Bierflaschen weg. Ich denke nicht, dass Linus sie sehen sollte.«

Karl nickte, nahm die Bierflaschen, verstaute sie im Vorratsschrank und verließ wortlos die Küche. Er ging ins Schlafzimmer, zog sich aus, stellte den Wecker auf neun und legte sich ins Bett. Als er aufwachte, horchte er noch eine Zeitlang auf die Geräusche, bis er sicher war, dass Linus und Lydia die Wohnung verlassen hatten. Er richtete sich im Bett auf und war dankbar, alleine zu sein. Dennoch war er sich im Klaren darüber, dass man die Ruhe, wenn jemand gegangen ist, anders wahrnimmt, als die Stille, wenn man weiß, dass niemand kommen wird. Er überlegte, Karoline zu schreiben, aber die Auseinandersetzung mit Lydia hing ihm noch nach, und er befürchtete, dass seinen Worten ein Schleier des Trübsinns anhängen würde.

In den Knast musste er erst am frühen Nachmittag. Bis dahin würde sich der Grauschleier in seinem Kopf verflüchtigt haben. Er stand auf, zog die Vorhänge zur Seite und sah, dass am Haus gegenüber wieder zwei Männer in weißen Schutzanzügen zu Gange waren. Was sie machten, konnte Karl allerdings nicht erkennen. Er sollte nachfragen, als Nachbar hätte er längst nachfragen sollen. Andererseits war es ihm nicht unrecht, das Schauspiel aus der Ferne beobachten zu können. Um ehrlich zu sein, war es ihm ziemlich egal, was genau in dem Haus vor sich ging. Zumindest heute. Wahrscheinlich auch morgen. Nachbar zu sein war im Grunde nicht leicht, dachte Karl. Wenn man sich zu sehr interessierte, galt man schnell als neugierig, wenn nicht sogar als Spanner, wenn man sich aber desinteressiert zeigte, trug man Schuld, dass der Begriff *soziale Kälte* sich immer mehr im allgemeinen Sprachgebrauch verankerte, und vermutlich wurde man mitverantwortlich gemacht für jede Leiche, die in irgendeiner Wohnung über Monate hinweg unbemerkt verweste. Letztlich war man ein guter Nachbar, wenn man hin und wieder den Anschein erweckte, dass einen etwas interessierte, was einem eigentlich vollkommen schnurz war. Einen Anschein zu erwecken, eine Lüge, eine Pervertierung der Wahrheit, war als Nachbar der Schlüssel zu einem guten Miteinander. War das nicht verrückt? Karl machte das Fenster auf und beugte sich hinaus, um einen Blick auf das Haus zu werfen, dem er heute Nacht einen Besuch abgestattet hatte. Kein Mensch war zu sehen, keine Aufregung, kein Geschrei, dass das Trampolin zerstört war.

Die Morgensonne schien Karl wärmend ins Gesicht, und sofort fragte er sich, warum er nur eines beschädigt hatte. In der Nachbarschaft gab es Dutzende dieser Monster, die eine glückliche Kindheit vorgaukelten. Noch eine Weile hielt er sein Gesicht in die Sonne, dann stand er auf, duschte sich, zog frische Sachen an und machte sich auf den Weg. Noch in der Hofeinfahrt glaubte er, die laute Stimme von Homer zu hören. Karl freute sich und beschloss, auf ihn zu warten. Tatsächlich sah er Homer mit seiner Mutter den Gehweg herunterkommen. Sie waren noch ein ganzes Stück weg, und doch fühlte Karl schon ihre Nähe, so als könnten sie ihm gar nicht näher kommen, nur ihre Silhouetten deutlicher werden. Er hörte Homers aufgeregte Stimme, wie er auf seine Mutter einredete, und Frau Kircheisen nickte oder schüttelte den Kopf. Immer hörte sie zu. Frau Kircheisen war das zärtlichste, geduldigste und zugewandteste Ohr, das ein Kind sich wünschen konnte, dachte Karl. Manche Eltern gingen mit ihren Kindern Hand in Hand, aber Frau Kircheisen und Homer gingen immer zusammen Mund in Ohr, und Karl war sich nicht sicher, ob man noch schöner miteinander verbunden sein konnte. War es nicht leichter, jemandem seine Hand zu leihen als sein Ohr? Er hätte die Frage gerne Karoline gestellt, überhaupt hätte er ihr gerne geschrieben, aber er hatte das Gefühl, dass die Worte von dem wenigen Schlaf noch knittrig in ihm waren. Er musste ihnen noch Zeit geben.

Homer winkte Karl zu, und Karl winkte zurück. Frau Kircheisen hob zaghaft die Hand.

»Wie sieht's aus mit einem Rätsel, fragte Karl. Ich bin bereit.«

»Rate mal, wer zum Geburtstag eingeladen ist?«

»Oh«, sagte Karl, »das ist leicht. Das ist jemand, der eingeladen werden musste, weil er ein unbedingt liebenswerter Mensch ist.«

Homer lächelte unsicher und schaute fragend zu seiner Mutter. Frau Kircheisen nickte.

»Also wer?«, fragte Homer.

»Na du, Homer. Du bist zum Geburtstag eingeladen.«

Homer nickte. Kein Jubelschrei, wie Karl vermutet hatte, bloß ein fast ungläubiges Schulterzucken, als wundere er sich selbst über die Einladung. Und dann umarmte er Karl plötzlich. Homer reichte Karl kaum bis zum Brustkorb, aber er drückte seinen Kopf fest gegen Karls Bauch und schlang seine Arme um ihn. Karl legte seine Hände etwas unbeholfen auf Homers Rücken und schaute mit schiefem Lächeln zu Frau Kircheisen. Sie legte ihre Hand auf Homers Kopf und sagte: »Homer, Herr Löffelhans muss jetzt gehen, sag ihm noch Tschüss.«

Genauso plötzlich, wie er Karl umarmte, ließ er ihn auch wieder los, griff nach der Hand seiner Mutter, rief Tschüss und zog seine Mutter fort.

»Tschüss, Homer, Auf Wiedersehen Frau Kircheisen.«

»Ich brauch ein Geschenk«, rief Homer und fing an der Hand seiner Mutter an zu hüpfen. Karl schaute ihnen lange nach. Es war das erste Mal, dass Homer nicht wissen wollte, wie jemand stirbt. Auch schön, dachte Karl, wenn man den Tod mal hinter sich lassen kann. Er beschloss, Linus zu fragen, ob er Homer nicht auch zu seinem Geburtstag einladen könnte. Homer war ein paar Jahre älter als Linus, aber vielleicht wäre genau das ein Punkt, den er Linus schmackhaft machen könnte.

Karl überlegte, ob er jetzt die Nachbarn fragen sollte, was die Menschen in den weißen Schutzanzügen zu bedeuten hätten. Aber dafür müsste er bei ihnen klingeln, da momentan niemand auf der Straße zu sehen war. Karl hielt es nicht für ausgeschlossen, dass, wenn er klingelte, die Nachbarn sein plötzliches Vor-der-Tür-Stehen nicht als empathische Anteilnahme an ihrem Schicksal verstehen würden, sondern als fordere er Auskunft, was in ihrem Haus vor sich ginge. Möglicherweise würden sich die Nachbarn aus einem Gefühl der Höflichkeit heraus genötigt fühlen, ihn in die Wohnung zu bitten und auf einen Kaffee einzuladen. Und wenn er die Einladung annähme, dann würde sich möglicherweise eine Nähe bilden, die keinem von beiden recht wäre. Das Verhältnis, das noch kurz zuvor keines gewesen war, wäre dann eine Erzwungenschaft und keine Errungenschaft. Karl nahm sich vor, das Thema Nachbarschaft im Knast zu thematisieren. Fast alle Insassen waren zu zweit in Zellen untergebracht, sie mussten Experten für Nachbarschaftsfragen sein.

Karl schnappte sein Fahrrad und fuhr die Straße entlang. Als er an dem Haus vorbeifuhr, in dessen Garten er sich wenige Stunden zuvor des Trampolins angenommen hatte, spürte er Freude und Stolz in sich aufkommen. Seine Tat war ein Akt der Rebellion gewesen, keine sinnlose Zerstörung, sondern ein feiner Schnitt, der Raum ließ für Fragen, Interpretation und Erkenntnisgewinn.

Karl fuhr ins Stehcafé. Er wollte einen Kaffee und Karoline schreiben.

Meine liebe Karoline,
wenn man alle Menschen dieser Welt fragen würde, wie viel Positives sie mit dem Begriff Sorge verbinden, so würde auf einer Skala von 1 bist 10 wahrscheinlich kaum die 2 erreicht werden. Und noch vor wenigen Stunden wäre ich auch einer dieser Menschen gewesen. Aber dann kam Ihre Mail, und auf einmal gab es nichts Beglückenderes, als zu lesen, dass Sie sich um mich sorgen.

Dennoch: Machen Sie sich bitte keine Sorgen um mich. Es geht mir gut. Ich trinke gerade einen doppelten Espresso, weil ich meinte, dass mich einer nicht zufrieden stellen würde, und aus dem gleichen Grund habe ich die Anrede zu Ihnen verdoppelt. Die Zahl 2 gibt es ja nur, da die Zahl 1 nicht immer reicht. Jede Zahl nach der 1 ist der Versuch, einen Mangel zu beseitigen.

Sie kennen sicher die Redewendung, sich wie auf Wolke sieben fühlen. Nicht selten fühle ich mich so, wenn ich Ihnen schreibe oder von Ihnen lese. Dennoch frage ich mich, was ist mit den Wolken eins bis sechs? Sie scheinen nicht sehr bequem zu sein, wenn sich alle nach der Wolke sieben sehnen, und ich würde gerne wissen, wer das festgelegt hat. Es kommt mir vor wie bei einem Matratzentest. Wolke sieben hat bestanden, alle anderen sind durchgefallen. Aber wenn sich Millionen von Menschen seit Jahrhunderten auf Wolke sieben räkeln, dann muss die doch inzwischen recht durchgelegen sein. Was meinen Sie?

Ihr Karl

Kurz darauf:

Ein Espresso reicht nicht, eine Anrede nicht, eine Mail auch nicht, und dennoch weiß man nicht, ob aller guten Dinge drei sind.

Es ist so, dass ich mir wenig so sehr wünsche, wie Sie zu sehen. Und es ist nicht so, dass ich mich nicht davor fürchten würde. Es ist nicht verrückt, weder bei Ihnen noch bei mir.

Ich schreibe Ihnen so viel von Zahlen, obwohl ich mich kaum für Mathematik interessiere. Es ist so, dass ich versuche, etwas zu finden, das bei Ihnen das Wort viel auslöst. Ich denke an Sie in großen Zahlen, in immer größer werdenden Zahlen, weil die Zahl davor nie ausreicht. Möglicherweise ist die Unendlichkeit kein Ergebnis der Zahlenkunde, sondern der Liebe.

Karl, der Ihre.

Lächelnd ging Karl zum Kellner, sagte, dass ihm der doppelte Espresso geschmeckt habe, dass ein doppelter Espresso zwar nicht doppelt so gut schmecke wie ein einfacher, es aber dennoch ein doppelter Genuss sei. Geschmack bleibe immer einzigartig, den Genuss aber könne man vervielfachen. Das sei wie mit der Liebe. Die sei immer einzigartig, aber lieben könne man mehrfach.

Der Kellner lächelte, aber Karl merkte an seinem Blick, dass ihm Karl suspekt war und er befürchtete, dass Karl ihn in ein unangenehmes Gespräch verwickeln wollte. Durch seine Körperbewegungen, denen man unzweifelhaft Fluchttendenzen zuschreiben konnte, gab er zu verstehen, dass er weder Zeit noch Lust hatte, weitere Weisheiten entgegenzunehmen.

Auf der Straße holte Karl tief Luft und fragte sich, ob er soeben peinlich gewesen war. Wahrscheinlich schon, fand er. Aber nicht so, dass er sein Haupt senken müsste. Was er gesagt hatte, war nicht unklug gewesen, Geschmack und Genuss waren zwei verschiedene Dinge und sie im Zusammenhang mit einem doppelten Espresso zu erläutern, zeugte von etwas Esprit, wie er fand, aber nie öffentlich sagen würde. Peinlichkeit war schlecht, wenn man voll peinlich ist, so wie es schlecht ist, wenn man voll betrunken ist, aber ein Viertel peinlich zu sein, war im Grunde wie ein Viertel Rotwein intus zu haben. Man war nicht betrunken, aber der Blick doch glasig genug, dass man sich leicht für ein Genie halten konnte.

Karl beschloss, vor dem Knast noch seinen Vater zu besuchen.

Karls Vater saß im Sessel. Karl hatte nichts anderes vermutet. Der Sessel war längst kein Möbelstück mehr, sondern Teil des Körpers geworden, eine Prothese, die seinen Hintern weicher und komfortabler machte und dem Lebensabend die Druckstellen nahm. Karls Vater hatte die Prothese quasi selbst hergestellt. In vielen Jahren, Monaten und Wochen, Tagen und Stunden hatte er sich den Sessel passgenau zusammengesessen. Eine Prothese, die er nur noch zu unabänderlichen Gelegenheiten von seinem Hintern schnallte: wenn er zum Essen in den Speisesaal ging, das Bad aufsuchte oder von seinem Sohn zu einem Spaziergang aufgefordert wurde.

Ansonsten hieß es: Wo sein Vater war, war der Sessel, und wo der Sessel war, war sein Vater. Es war nicht vorstellbar, dass dieser Sessel jemals noch einen anderen Menschen aufnehmen könnte. Man müsste sie zusammen beerdigen, dachte Karl. Nichts war seinem Vater jemals so nah gekommen wie dieser Sessel, der immer zur Stelle war, dienend, bequem und klaglos. Keinen Pups, keinen Krümel und kein Kilo zu viel hatte er jemals übelgenommen. Er schenkte Ruhe, wenn Karls Vater sie nötig hatte, und er schenkte Ruhe, wenn Karls Vater ahnungslos war, dass er sie nötig hatte. Der Sessel war ein schweigsamer Gefährte. Das dachte Karl, als er seinen Vater mit geschlossenen Augen in dem Sessel sitzen sah. Karl setzte sich in einen Stuhl ihm gegenüber, zwischen ihnen ein Tisch. Karls Vater schlief. Karl stand wieder auf, überlegte zu gehen, stand einen Moment unentschlossen herum, bevor er sich doch wieder setzte und ohne es sich zu vergegenwärtigen laut zu sprechen begann.

»Ich wollte diesen Sessel immer mögen, aber die Wahrheit ist, ich habe ihn immer gehasst. Eigentlich ist es ein Wunder, dass es ihn noch gibt. Ich habe mir oft vorgestellt, ihn zu zertrümmern, so kleinzuhauen, dass nicht mehr zu erkennen wäre, was er einmal war, und dann zu verfeuern. Es gibt viele furchtbare Dinge, aber dieser Sessel ist das Hässlichste, Trostloseste, was es gibt, und das einzig Vernünftige wäre es, ihn zu entsorgen. Überhaupt sollte man die Welt von hässlichen Dingen befreien, und mit diesem Sessel sollte man anfangen. Aber wahrscheinlich würdest du dich mit aller Kraft an ihn klammern, versuchen, ihn mir zu entreißen, mich bedrohen, mich verfluchen, nur um diesen scheiß Sessel zu behalten. Du würdest mich zum Teufel wünschen, weil dir dieser Sessel das Wichtigste ist. Du liebst einen Sessel, der so hässlich ist, dass man ihn noch nicht mal gernhaben kann. Ich erinnere mich, wie Mutter mal mit dir reden wollte und du dich daraufhin in den Sessel hast plumpsen lassen. Du dachtest, der Sessel würde dir Sicherheit verleihen, dabei hat er dir nur die Beweglichkeit genommen. Man bewegt sich nicht, wenn man sich schon festhält, das hast du nie kapiert. Du und dein Sessel seid der Beweis, dass die Menschen glauben, das Falsche sei das Richtige. Wenn man wissen will, warum die Welt verrückt ist, muss man einen Blick in dieses Vierzehnquadratmeterzimmer werfen. Würde auch niemand vermuten, dass das Geheimnis der Welt im Pflegeheim zu lösen ist.« Karl machte eine Pause und schaute zu seinem Vater. Sein Kopf war nach vorne gekippt, und nichts deutete darauf hin, dass er nicht mehr schlief. Karl beobachtete ihn noch eine Weile, als versuchte er aus der schlafenden Haltung etwas herauszulesen.

»Ich war dreizehn oder vierzehn, als mich ein Klassenkamerad besuchen wollte. Manuel. Ich hatte dir den Besuch angekündigt und du zogst erstaunt die Augenbrauen hoch. Wie demütigend so eine kleine Geste sein kann. Ich wusste ja selber, dass ich keine Freunde hatte. Als es klingelte, kamst du aus deinem Arbeitszimmer und trugst plötzlich eine Jeans, obwohl du noch zwei Stunden zuvor beim Mittagessen deine Stoffhose getragen hattest. Ich wusste bis dahin gar nicht, dass du überhaupt eine Jeans besaßt. Du hast sie bis zum Bauchnabel hochgezogen, was ein wahrer Kraftakt gewesen sein muss und im Schritt ordentlich gezwickt haben wird. Dass deshalb der Hosensaum nicht an den Knöcheln, sondern an den Waden hing, hast du nicht als problematisch wahrgenommen, da dir dieses Bild von deinen Stoffhosen bekannt war und die braunen Strümpfe ja dennoch keinen Blick auf deine weißen Beine ermöglichten. Das weiße T-Shirt mit dem aufgedruckten Obstteller, was ein Werbegeschenk gewesen war und du deshalb höchstens unter einem Hemd zu tragen bereit gewesen warst, hattest du plötzlich als lässig auserkoren, aber so tief in die Hose gezogen, dass unklar war, ob es als T-Shirt oder als zweite Unterhose dienen sollte. Der hellbraune Ledergürtel, dem man ansah, dass er noch nie etwas anderes als eine Stoff- oder Cordhose geziert hatte, machte die Unterscheidung auch nicht leichter.

Breitbeinig standest du in der Tür, deine Daumen in den Gürtelschlaufen – in den Gürtelschlaufen! Als wolltest du dein Gemächt umrahmen. Du wolltest lässig wirken und warst einfach nur verkleidet. Als er die Treppe hochkam, hast du aus dem Nichts heraus gelacht, als wolltest du, dass Manuel schon mal hört, dass es lustig bei uns zugeht. Ich stand neben dir und hoffte, es könnte doch alles bloß ein böser Traum sein. Obwohl ich stur geradeaus blickte, sah ich nichts anderes als die Jeans, die zu weit oben und zu wenig unten war, und den Obstteller auf deiner Brust mit der Überschrift: Einen Regenbogen Obst für sonnige Tage. Ich erkannte: Wenn du nicht doch noch wie von Zauberhand verschwinden würdest, würde ich für diesen Auftritt lange büßen müssen. Und da wusste ich noch nicht, dass das Schlimmste noch bevorstand.

Manuel war kein Freund, er hätte mich nie besucht, wenn er mich nicht gebraucht hätte. Ich hatte als einer der wenigen in Mathe etwas verstanden, was er in der nächsten Arbeit können musste, wenn er nicht sitzenbleiben wollte. Er sagte dir höflich Guten Tag und gab dir die Hand, aber natürlich war nicht zu übersehen, dass er von deinem Äußeren gleichzeitig irritiert und beeindruckt war. Ich merkte, dass er versuchte, sich jedes Detail zu merken, weil ihm sofort klar war, dass da eine Geschichte vor ihm stand, die ihm eine Menge Aufmerksamkeit bescheren würde. Plötzlich sagtest du, nenn mich Karl, Herr Löffelhans klingt so förmlich, das lassen wir mal. Manuel drehte sich zu mir, und noch bevor er den Mund öffnete, hörte ich schon seine Frage, die nicht erstaunter klingen konnte: Du heißt wie dein Vater? Die Geschichte wuchs von Pointe zu Pointe, aber du dachtest wahrscheinlich immer noch, du würdest mir einen Gefallen tun. Manuel wiederholte die Frage: Du heißt wie dein Vater? Ja, sagtest du, Karl eins und Karl zwei. Dabei hast du mit dem Zeigefinger erst auf dich, dann auf mich gezeigt. Karl eins und Karl zwei.«

Karl atmete hörbar aus. Dann stand er auf und ging ans Fenster. Der Blick ging auf eine Straße. Karl sah eine lange Reihe von Autos, die sich die Straße hochquälten.

»Du wolltest mir damals ein guter Vater sein und hättest kein schlechterer sein können. Weil du nicht nachgedacht hast. Du hättest einfach nur ein kleines bisschen nachdenken müssen. Du hast gehandelt, ohne zu denken, das ist so ziemlich das Blödeste, was man tun kann.«

Karl sah, wie die Autos nur mühsam vorankamen, immer wieder stoppten, dann ein paar Meter fuhren, bevor sie wieder bremsen mussten. Fahrradfahrer schlängelten sich an ihnen vorbei und hielten sich die Hand vor den Mund in der Hoffnung, so ein paar Abgase weniger einzuatmen. Erinnerungen sind wie Autos, dachte Karl, sie lauern überall. Manchmal tauchen sie unerwartet schnell auf, manchmal erreichen sie einen im Schritttempo, und manche fahren schon eine Weile hinter dir her, bevor du sie bemerkst. Manche sind laut und andere stinken. Sie parken, wo du entlanglaufen willst, hupen, wenn du sie nicht wahrnimmst, und bei Nacht, wenn du eh nicht klar siehst, blenden sie dich, dass du den Weg aus den Augen verlierst. Und wenn dich eine endlich überholt und aus deinem Blickfeld verschwindet, weißt du, die nächste ist schon unterwegs. Der einzige Unterschied zwischen Autos und Erinnerungen ist der, dass es für Autos einen Führerschein gibt und für Erinnerungen nicht.

Karl ging zurück zu seinem Vater und berührte ihn an der Schulter. Er wunderte sich, dass sein Vater durch die Berührung nicht aufschreckte, sondern seinen Kopf zu ihm drehte, als sei er nicht erst gerade eben aufgewacht.

»Ich muss wieder gehen, du hast geschlafen.«

Sein Vater nahm Karls Hand, legte sie sich an die Wange und schloss die Augen.

»Deine Mutter sagte immer, man weiß nie, wie schwer eine Hand ist. Manchmal ist sie schwer wie Blei und manchmal leicht wie eine Feder.«

»Wie schwer ist meine?«, fragte Karl

»Sie ist noch zu kalt, um sie zu wiegen«, murmelte Karls Vater.

»Ich muss jetzt gehen«, sagte Karl und zog die Hand weg. Karls Vater nickte, und Karl ging wortlos aus dem Zimmer. Im Flur blieb er stehen und lehnte sich mit dem Rücken an die Tür. Früher wusste er, dass das Schwerste an den Besuchen das Kommen war. Jetzt war das Kommen einfacher als das Gehen, obwohl er schon beim Kommen hoffte, möglichst bald die Tür wieder hinter sich schließen zu können. Alles verrückt und kompliziert, und er war noch keine vierzig.

Karoline, meine,
Man weiß nie, wie schwer eine Hand ist. Manchmal ist sie schwer wie Blei und manchmal leicht wie eine Feder.

Ich weiß nicht, ob der Satz klug ist oder eher das andere. Haben Sie eine Ahnung, wie das zu verstehen ist?

Es denkt an Sie

Ihr Karl

Karl hatte sein Fahrrad noch nicht aufgeschlossen, als das Smartphone dreimal summte.

Eins:
Lieber Karl,
ich glaube, dass die Hand das äußere Herz eines Menschen ist.

Ihre Karoline

Zwei:
Wissen Sie, wie schön es ist, jemanden zu haben, der einem solche Fragen stellt?

Drei:
Ihre Anrede ist so kurz, kaum zu verstehen, dass ich sie immer wieder lesen muss.

Liebe Karoline, meine liebe Karoline,
es ist so beglückend zu wissen, dass Sie mir mit Ihren Händen schreiben. Mehr denn je.

Das Gefängnis lag im Halbschatten, und Karl dachte, dass das Wort im Sommer anders klingt als im Winter. Im Sommer würde man eintreten, im Winter heraustreten wollen.

Berold und Smirnow hatten blau geschlagene Gesichter. Karl war klar, dass ihre Gesichter Rechnungen waren.

Entweder hatten sie für irgendwas bezahlen müssen oder waren für irgendwas zu Rechenschaft gezogen worden. Wenn Karl sie fragen würde, was passiert war, würden sie ihm antworten, sie seien aus dem Bett gefallen. Eine Frage konnte Zeichen von Anteilnahme sein oder eine Demütigung, das hatte Karl im Gefängnis gelernt. Also fragte er nicht, was passiert war, sondern behandelte sie so, als sei das Blau in ihren Gesichtern noch das Weiß des Vortages.

In der ersten Stunde übte Karl Groß- und Kleinschreibung, in der zweiten Stunde las er mit seinen Schülern den Text *Die Dicke der Haut* von Siegfried Lenz. In dem Text geht es um einen dicken Menschen, der in Saus und Braus lebt, aber seinen Hund jede Woche anderthalb Tage hungern lässt, damit der nicht vergisst, wem er sein Futter zu verdanken hat. Während sich der dicke Mensch seinen massigen Körper massieren lässt, dringt das erbarmungswürdige Jaulen des Hunger leidenden Tieres aus dem Garten an sein Ohr, was den dicken Mann aber vollkommen unberührt lässt. Auf einmal aber ist der Hund nicht mehr zu hören, und es stellt sich heraus, dass er wohl von einem Nachbar vergiftet wurde, weil dieser das ständige Bellen und Jaulen nicht mehr ertragen wollte. Der dicke Mann nimmt den Tod des Hundes ungerührt zur Kenntnis.

Karl mochte die Geschichte, sie war anschaulich, einfach zu verstehen, weckte Empathie und war geeignet, seinen Schülern Freude an einer Textinterpretation zu vermitteln. Die Geschichte war kurz, und dennoch ließen sich an ihr Fragen zu Macht, Empathie, Mut und Haltung erörtern. Außerdem war der Text ein guter Anlass, um gegen Ende der Stunde seine Frage zur Nachbarschaft zu stellen.

Wie sollte man mit seinen Nachbarn umgehen?, fragte Karl und bat seine Schüler, ihre Antwort auf ein leeres Blatt zu schreiben. Er gab ihnen fünf Minuten Zeit, dann sammelte er die Antworten ein. Er las sie durch, was nicht viel Zeit beanspruchte, und beschloss dann, sie laut vorzulesen.

»Also«, sagte er, »die Frage lautete: Wie sollte man mit seinen Nachbarn umgehen?«

Erste Antwort: Am besten gar nicht, dann gibt's keine Probleme.

2: So wie ich.

3: Kommt auf den Nachbarn an. Macht er blöd, bekommt er auf die Fresse.

4: Ich lass ihn in Ruhe.

5: Er bekommt meine Hand oder die Faust, kann er sich aussuchen.

6: Wenn er seinen Hund quält, zeig ich ihm die Grenzen.

7: Was du willst, dass man dir tut, das musst du auch dem anderen tun.

8: Leben und leben lassen, ist das Beste, natürlich nur, wenn es geht.

9: Du sollst nicht töten. Fünftes Gebot.

10: Am Anfang, wo man ihn kennenlernt, auf Kaffee einladen, dann bekommt man auch mal Eier und Salz, wenn man braucht.

11: Wenn ich könnte, würde ich ihn grün und blau schlagen.

12: Sich mit Namen vorstellen. Wenn man den Namen von dem anderen kennt, ist vieles einfacher. Man kann die Probleme besser lösen, wenn man die Namen voneinander kennt.

13: Manche Nachbarn machen immer Ärger, regen sich immer auf, kannst du machen, was du willst. Dann musst du zeigen, dass du größeren Ärger machen kannst.

14: Wenn der Nachbar meinen Hund vergiftet, bekommt er großes Problem, sehr großes Problem.

15: Ich sag, dass ich keine Probleme will.
16: Ich lasse ihn in Ruhe leben, wenn er mich in Ruhe leben lässt.
17: Nachbarn können Himmel oder Hölle sein. Meine Frau sagt immer, dass ich das kann auch.
18: Mein Nachbar schnarcht wie Sau. Ich sage ihm, das nervt ohne Ende. Er schenkt mir Oropax, und ich bin mit der Lösung einverstanden.
19: Es kommt auf die Dicke der Haut an. Ich weiß nicht, wie dick meine ist, deswegen kann ich keine Antwort geben.
20: Gott sagt, du sollst deinen Nächsten lieben wie dich selbst.
21: Man muss immer sprechen, wenn Probleme da sind.
22: Muhammad sagt: Wer an Gott und den Letzten Tag glaubt, der soll seinen Nachbarn keinen Schaden zufügen.
23: Ich haue ihm auf die Zwölf, wenn er mich bescheißt.

Karl lächelte. Dann stand er auf, nahm ein Stück Kreide in die Hand und schrieb an die Tafel: *Wenn ich könnte, würde ich ihn grün und blau schlagen.*

»Es spielt keine Rolle, von wem der Satz stammt. Wir wollen heute keinen besten Satz küren, es geht mir um etwas anderes. Es geht um ein Wunder. Ein Wunder«, wiederholte Karl.

Karl hob seine Stimme, sprach etwas lauter und schneller. Um seiner Begeisterung Ausdruck zu verleihen, nahm er die Arme zu Hilfe und unterstrich seine Worte mit Gesten. »Dieser Satz sieht aus wie ein Satz, aber er ist viel mehr als ein Satz, er ist eine Geschichte. Eine Geschichte«, wiederholte Karl und schaute in die Runde, um festzustellen, ob er die Aufmerksamkeit aller hatte. Dieser Satz erzählt etwas über ein Leben und das mit nur einem Wort. Mit nur einem Wort, wiederholte Karl und machte eine kleine Pause, um seinen Worten genügend Nachhall zu geben. »Es ist das Wort *könnte*, das Wort, das am wenigsten strahlt, das man leicht für einen Außenseiter halten könnte, ein Wort, von dem man annehmen könnte, dass es von anderen gemobbt wird, weil es so wenig glänzt. Und doch ist es das Wort, das uns in unserem Innersten begleitet, das mitten in unserem Herzen sitzt. Nur ein Wort und trotzdem eine Geschichte, das ist doch Wahnsinn. Ein absolut großartiger Wahnsinn. Das kann kein Zauberer, nur die Sprache. Obwohl das Wort *könnte* so unscheinbar daherkommt wie ein Stück Beton, funktioniert es wie ein Scheinwerfer und lässt mit einem Mal einen Menschen sichtbar werden, von dem wir bis jetzt noch nichts wussten.« Karl lief von links nach rechts und von rechts nach links, monologisierte und gestikulierte. Das Queren des Klassenzimmers war ein Zeichen, dass er selbst berauscht war von dem Gefühl, das, was er erzählte, gerade selbst erst entdeckt zu haben. Es kam ihm so vor, als offenbarte sich ihm in diesem Moment, da er seine Gedanken in Worte fasste, wie er anhand dieses Satzes seinen Schülern nicht nur die Sprache, sondern das Leben, ja im Grunde die Zusammenhänge des Weltgeschehens in ganz neuem Licht erklären könnte. Ihn überfiel plötzlich eine Rührung, die ihm fast die Tränen in die Augen trieb. Ein Moment der Gewissheit, dass alles gut werden könnte, alles gut sein konnte. Nichts war verloren, noch immer gab es zu entdecken.

Karl spürte den unbedingten Willen, seine Begeisterung auf seine Schüler zu übertragen.

»Das Wort *könnte* erzählt nicht, was der Mensch macht, wir erfahren nichts, was tatsächlich passiert, und doch erfahren wir etwas, was tausend Mal interessanter ist. Wir sehen in sein Herz, spüren seine Gefühle, erfahren etwas von seiner Sehnsucht und seinem Schmerz. Selbst in seinen körperlichen Umrissen wird der Mensch deutlich, und das alles nur wegen des Worts *könnte*. Ist das nicht phantastisch? Es ist phantastisch! Herrje, das ist verdammt nochmal phantastisch, ein Wunder. Dieses Wunder nennt man den Konjunktiv, die Möglichkeitsform.« Karl hielt inne und ließ den Blick über seine Schüler gleiten. Er lächelte, weil er in ihren zweifelnden, fragenden, irritierten und überforderten Gesichtern sah, dass sie auch ihn, den Lehrer, in einer Möglichkeitsform dachten: Womöglich ist er irre, der Löffelhans. Wer weiß das schon.

»Ihr könnt vieles an der deutschen Sprache blöd finden, aber den Konjunktiv müsst ihr lieben«, sagte Karl. »Niemand wird die Abschlussprüfung bestehen, der nicht den Konjunktiv liebt.«

Zimmermann hob seinen Arm und fragte, wie er das seiner Frau erklären solle, dass er noch jemand anderen als sie lieben müsse. Die anderen lachten, und auch Karl lachte. »Das ist eine sehr gute Frage, Herr Zimmermann«, sagte Karl, »und es ist nicht so, dass es gegen Sie spricht, dass Sie Ihrer Frau von der anderen Liebe erzählen wollen. Es ist so, dass Ihre Frau Sie dafür lieben wird, dass Sie den Konjunktiv lieben.«

»Das verstehe ich nicht«, sagte Herr Zimmermann, »ich muss die Liebe doch teilen, da bekommt meine Frau ja nur noch die Hälfte, die sie sonst bekommt.«

»Was für die Mathematik gilt, gilt nicht für die Liebe«, sagte Karl. »Was in der Mathematik eine Teilung ist, kann in der Liebe eine Verdoppelung sein. Die Liebe muss immer neu berechnet werden, das ist leider so, da helfen Ihnen keine mathematischen Grundsätze. An einem Tag ist die Liebe ein Faktor, an einem anderen ein Bruch, manchmal addiert sie sich, an anderen Tagen wird sie geteilt, einmal ist sie eine Gerade und dann wieder eine Gleichung mit zwei Unbekannten. Mit der Mathematik können Sie ein Haus bauen, aber keine Frau lieben. In der Liebe hilft Ihnen der Konjunktiv. Wissen Sie, Herr Zimmermann, Sie können Ihrer Frau schreiben, dass Sie sie vermissen, und ich nehme an, dass sich Ihre Frau darüber freuen wird. Aber wenn Sie Ihre Frau glücklich machen wollen, dann schreiben Sie ihr, was Sie tun würden, wenn Sie einen Tag mit ihr verbringen könnten. Dann wird sie nicht nur lesen, dass Sie sie vermissen, sondern es spüren, und wenn wir etwas spüren, dann glauben wir es auch.«

Karl ging ans vergitterte Fenster und schaute auf den Hof hinaus. Noch war er verlassen. In einer Ecke sah man ein paar Hantelbänke, die beim nachmittäglichen Hofgang schnell besetzt waren. Wenn es eine Sehnsucht gibt, die es schon immer gab, dann sind das Muskeln, dachte Karl. Langsam drehte er sich wieder zu seinen Schülern um.

»Das, wonach man sich sehnt, ist die Wahrheit, nicht das, was man hat.« Karl gab seinen Schülern als Hausaufgabe auf, einen kleinen Text zu schreiben, der mit dem Satz beginnt: Wenn ich könnte, würde ich …

»Ach, übrigens«, sagte er, schon auf dem Weg zur Tür, »falls Sie sich fragen, warum Sie schreiben sollen?« Karl nahm nochmal die Kreide in die Hand und schrieb an die Tafel:

Die Hand ist die Verlängerung des Herzens.

»Deswegen. Und denken Sie auch daran, wenn Sie jemandem in die Fresse hauen oder jemanden umarmen wollen. Stunde vorbei. Machen Sie es gut, bis morgen.«

Karl stand an der Tür und wartete, bis alle den Raum verlassen hatten, um hinter sich abschließen zu können. Er bemerkte, dass Tomislav Novak noch auf seinem Stuhl saß, während alle anderen schon aufgestanden waren und zur Tür drängten. Karl beobachtete ihn aus den Augenwinkeln und wunderte sich, wie umständlich er seine Hefte und Bücher stapelte und sie gleich darauf nochmal neu sortierte, als wollte er eine bestimmte Ordnung beachten, die er vergessen hatte. Karl überkam das ungute Gefühl, dass Novak Zeit schinden wollte, dass er nicht gehen, sondern als letzter im Raum bleiben wollte. Wieder nahm er seinen Stapel auseinander, klappte ein Heft auf und blätterte darin, als suchte er etwas. Er ist nervös, dachte Karl und spürte, dass auch er es wurde. Novaks Verhalten irritierte ihn. Novak bückte sich und löste die noch geschlossenen Schlaufen seiner Turnschuhe, um sie neu zu binden. Karl räusperte sich.

»Herr Novak, kommen Sie bitte, damit ich zuschließen kann.« Novak sah kurz auf und nickte. Karl bemerkte, dass Novaks Stirn vor Schweiß glänzte. Sollte Karl sich Sorgen machen? Musste er sich Sorgen machen? Novak war bisher unauffällig gewesen, aber was bedeutete das schon? Bisher unauffällig hieß ja nicht, dass man auch unauffällig blieb.

Wenn Novak den Raum als letzter verlassen wollte, dann wohl nur, um mit ihm alleine zu sein. Und dann? Eine Geiselnahme? Novak hatte fünfzehn Jahre bekommen für Totschlag, das wusste Karl. Wen und warum er gemordet hatte, wusste er nicht. Wollte er ihn ermorden, als Geisel nehmen? Weil Novak eh alles egal war mit fünfzehn Jahren Knast?

Karl bemerkte, dass er sich nichts anderes vorstellen konnte, als dass Novak etwas Böses im Schilde führte. Bisher hatte er noch keine schlechten Erfahrungen im Gefängnis gemacht, noch nie war er körperlich oder verbal bedroht worden, und doch reichte ein bisschen Schweiß auf der Stirn, dass er glaubte, Novak wollte ihm an den Kragen.

Karl trat auf den Gang hinaus, um dort zu warten, bis Novak den Raum verließ. Novak bräuchte ihn nur wieder in den Raum zu schubsen oder zu ziehen, dennoch: Auf dem Gang standen mehrere Gefangene herum. Was auch immer Novak vorhatte, er müsste die anderen Gefangenen in seine Überlegungen mit einbeziehen.

»Herr Novak, bitte jetzt. Ich habe noch einen Termin.«

Novak erhob sich von seinem Stuhl und kam langsam zur Tür. Plötzlich blieb er stehen und gab Karl mit einem Nicken zu verstehen, dass dieser zu ihm kommen solle. Karl zog die Augenbrauen hoch, als hätte er Novaks Wunsch nicht verstanden. Er sah jetzt deutlich den Schweiß auf Novaks Stirn.

»Können Sie bitte kommen?«, sagte Novak.

»Was gibt's denn?«, fragte Karl.

Novak schüttelte den Kopf.

»Ich habe gleich einen Termin«, sagte Karl.

»Nur kurz«, sagte Novak leise, »bitte.«

Karl kam der Gedanke, dass kurz eine Ewigkeit bedeutet, wenn man stirbt. Aber er konnte nicht stehenbleiben. Das ging nicht, das wusste er. Außerdem fand er seine Angst peinlich. Ein Schüler hat eine Frage, das ist alles, sagte er sich und ging dann entschlossenen Schrittes in den Klassenraum zurück.

»Was wollen Sie mich fragen, Herr Novak?«

Novak stellte seinen Bücher- und Heftestapel zurück auf einen Tisch.

»Ich will Ihnen etwas geben.« Er nahm die Bücher von den Heften, stellte sie zur Seite, nahm dann ein Heft heraus, schlug es auf und zog ein sorgfältig zusammengefaltetes Stück Papier heraus. »Sie sind Lehrer«, sagte Novak, »und haben Sie Antwort bestimmt. Sie haben gefragt, ob es recht ist, dass wir im Gefängnis sind. Ich weiß es nicht. Ich verstehe nicht mein Leben, aber man muss es doch verstehen, oder?« Novak war ein Baum von einem Mann, aber nun stand er mit großen, fragenden Augen vor Karl, wie ein Kind, das zu verstehen versucht, dass es aus einem Bauch gekommen ist. Karl schaute Novak an und erinnerte sich, wie absurd er es gefunden hatte, dass jemand nicht wisse, ob er zu Recht im Gefängnis sitze. Novak reichte ihm das Papier. »Bitte«, sagte er.

»Ich weiß …«, stammelte Karl, »ich … es ist so … also, das Leben … wissen Sie, ich weiß nicht, ob ich der Richtige … und außerdem, ich bin kein Richter, es spielt keine Rolle, was ich denke.«

»Bitte lesen Sie«, sagte Novak. »Ich habe Kopfzerbrechen vom Denken.« Karl starrte auf das Papier und auf die zitternden Hände von Novak. Je länger er zögerte, das Papier zu nehmen, desto demütigender für Novak. Aber er wollte nicht. Wenn er las, würde er irgendetwas dazu sagen müssen, etwas, das er nicht vor sich hin stotterte.

»Sie sagen uns immer, wir sollen schreiben. Wenn einer schreibt, muss einer lesen.«

Karl nickte. »Das ist richtig. Gut, ich lese. Aber ich verspreche Ihnen nichts. Ich lese, das ist alles.« Er nahm das Papier und steckte es in seine Tasche, die er sich umgehängt hatte. Novak nahm seine Hefte und Bücher, und zusammen verließen sie den Raum.

Ich verstehe mein Leben nicht, hallten die Worte Novaks in Karls Kopf wider, als er sein Fahrrad aufschloss. Er wollte nicht zu viel Privates über seine Schüler erfahren, man fühlt sich schnell in der Pflicht, wenn man etwas von anderen Menschen weiß. Es heißt, Wissen bedeute Macht, dabei bedeutet Wissen vor allem Verpflichtung. Karl wollte sich die Menschen aussuchen, von denen er etwas erfahren wollte. Nun hatte Novak sich ihn ausgesucht. Aber dass man sich jemanden aussucht, heißt noch nicht, dass man jemanden gefunden hat, fuhr es Karl durch den Kopf. Er musste Karoline schreiben. Dafür musste das Gefängnis aus seinem Blickfeld verschwinden.

Er radelte zum alten Friedhof und suchte sich eine freie Bank im Halbschatten. Seine Tasche nutzte er als Kopfkissen und legte sich dann quer über die Bank. Sein Oberkörper lag in der Sonne, die Beine im Schatten. So blieb er liegen, bis die Sonne sein Gemüt durchdrungen hatte. Dann legte er sich andersherum, um besser schreiben zu können und nahm sein Smartphone in die Hand.

Liebe Karoline,
ich liege gerade auf einer Bank, schaue in den Himmel und fühle mich Ihnen sehr nah. Vielleicht entdecke ich Wolke sieben, dachte ich, bis ich feststellte, dass ich schon auf ihr bin. Heute scheint ein Tag der Zahlen zu sein. Mir ist deutlich geworden, dass den Zahlen eine große Poesie innewohnt. Nicht nur in der Wolke sieben, sondern auch in der zwölf. Einer meiner Schüler sagte, wenn es nötig sei, würde er seinem Nachbarn eins auf die zwölf hauen. Erst dachte ich, dass damit der Zwölffingerdarm gemeint sein könnte, aber wahrscheinlicher scheint mir zu sein, dass sich die Zahl auf die Uhr bezieht und ein Schlag auf die Zwölf folglich einen Schlag mitten ins Gesicht meint. Jedenfalls scheint mir Mathematik nicht sehr lebensfremd zu sein, wenn sie Glück und Schmerz bedeuten kann. Vielleicht wäre die Sechs ein Ort, wo ein Kuss sein sollte. Was meinen Sie? Wenn man die Sechs ausführlich geküsst hat, könnte man sich einfach um die eigene Achse drehen und die Neun weiterküssen und wäre immer noch am selben Ort. Das wäre dann Magie, und nichts anderes sollte ein Kuss ja sein. Womöglich ist die Mathematik nicht nur nicht lebensfern, sondern sogar liebesnah.

Ein Kuss auf die Neun minus zwei ergibt Wolke sieben minus zwei ergibt fünf Wörter der Sehnsucht, und die schicke ich Ihnen hiermit: könnte, würde, dürfte, hoffte, wollte.

Ihr Karl

Er schloss noch für einen Moment die Augen und überließ sich einem Tagtraum. Zugleich fragte er sich, wo das enden würde. Karl war glücklich und wusste dennoch, dass er das Unglück die ganze Zeit mit sich trug. Er richtete sich auf und fummelte den Brief von Novak aus der Tasche. Sein Smartphone summte, und er legte den Brief beiseite. Plötzlich musste er lachen und schüttelte den Kopf. Noch vor zwei Minuten hätte er es für ausgeschlossen gehalten, dass er jemals einen Brief zur Seite legen würde, nur weil sein Smartphone summte. Und doch war es so: Der Brief gewann zwar deutlich gegen das Smartphone, aber Karoline gewann noch deutlicher gegen Novak.

Lieber Karl,

Sie haben geschrieben, wie schön es ist, wenn sich jemand um einen sorgt. Ich habe Schmetterlinge im Bauch. Sie kamen schon vor einiger Zeit, es sind eine Menge, ich kann sie nicht zählen, und sie flattern so lebensfroh umher, dass man, selbst wenn man blind ist, ihre Farben spürt. Ich möchte sie nicht mehr missen, und manchmal befällt mich die Sorge, was ich tun kann, dass es ihnen gut geht. Und dann stelle ich erfreut fest, dass ich mich zwar sorge, aber dass Sie es sind, der sich kümmert. Es sind besondere Schmetterlinge. Sie reagieren auf das nervende Geräusch eines Smartphones, das den Eingang einer Nachricht signalisiert. Ich weiß, dass das den Schmetterlingen nicht leichtfällt, aber mir zuliebe tun sie so, als würden sie von einem Sonnenstrahl berührt. Von Nervenzelle zu Nervenzelle flattern sie, als flögen sie von Blume zu Blume, lassen mein Herz vor Aufregung hüpfen und mein Gesicht vor Freude strahlen. Die bunten Farben der Schmetterlinge spiegeln die Vielfalt meiner Träume, und so war es ein Leichtes, Ihre Worte der Sehnsucht in Sätze zu kleiden.

Ihre Karoline

Karl lächelte. Karoline. Er wollte sie sehen. Unbedingt, dabei duzten sie sich nicht einmal. »Karoline, meine Karoline«, sprach er leise, aber deutlich aus, und er wusste, dass er diesen Namen gerne öfter aussprechen würde. Er würde ihr das nachher schreiben, aber zuerst wollte er Novaks Brief lesen. Er nahm ihn, faltete ihn auseinander und begann zu lesen:

Sehr geerter Herr Lehrer Löffelhans,
Ich bitte Sie um vertrauen für den Brief. Ich habe eine frage. Ich habe nicht die antwort. Ich weiß nicht, ob ich bin ein Mörder. Ich fühle mich nicht wie Mörder. Als Kind ich wollte werden ein Pilot. Im Sommer ich lag auf den Rücken und sehe weiße Streifen von Flugzeuge am blauen Himmel. Ich wollte mit weiße Streifen in Himmel schreiben. Erste Mensch sein, der grüßt von Himmel, das war mein Traum. Meine Mutter immer sagte, wer träumt ist ein guter Mensch. Böse Menschen träumen nicht. Verrückt. Ich träume viel, aber sitze im Gefängnis und weiß nicht, bin ich gut, bin ich böse. Meine Mutter ist lange tot schon, ich bin froh, dass sie nicht weiß ich sitze im Gefängnis. Dann kam der Krieg und musste ich zu Militär. Krieg ist, stirbst du oder der andere. ich immer geschaut, dass der andere tot. Viele Menschen tot, sehr viele Menschen. Ich will nicht erzählen. Sie können es sicher vorstellen. Und ich bekam Orden von Präsidenten persönlich

daffür dass ich bin sehr gute Soldat. Niemand gesagt dass ich bin Mörder, nur gratuliert, dass ich kämpfe für mein Land. Doch irgendwann ich bekam Probleme. Schlechte Träume und anderes ich will nicht reden davon und wurde entlassen von Militär. Später ich gehen nach Deutschland. Meine Schwester hier war verheiratet. Ich besuchen sie und lerne kennen ihren Mann. Mann mit zwei Gesichter. Meine Schwester schlagen, ich weiß. Sie hat Arbeit er nicht. Er trinken ihr geld weg und viel schreien. Im Krieg auch viel schreien. Krieg immer laut, immer laut im kopf, auch wenn stille. Ich sagen dem Mann, er gut sein muss zu meiner Schwester. Nicht so handeln. Ich dem Mann sagen, dass ich bin Bruder, er muss wissen. Bruder ist Familie, er muss wissen. Ich ihm gesagt. Er nicht kann sagen, dass ich ihm nicht gesagt. Er sagt, er liebt meine Schwester. Aber geändert Leben hat er nicht. Keine Liebe. Er wieder schlagen und schreien. Dann hab geschlagen ich ihn und er tot. Jetzt alle sagen, ich bin Mörder. Ich fragen warum, und alle sagen, wegen Gesetz. Nicht wegen Mann, wegen Gesetz. Ich fragen mich, wo Gesetz in Krieg? Gesetz einmal da, einmal weg. Ich einmal Mörder, einmal nicht.

Wenn deine Schwester in Angst, Herr Lehrer, was du machen?

Ich bitte um entschuldigung für die Viele fehler.

Ich grüße Sie.

Tomislav Novak

Karl faltete das Blatt zusammen und atmete tief durch.

Wenn einer schreibt, muss einer lesen. Wenn einer liest, muss einer antworten. Karl las den Brief nochmal. Sein Smartphone zeigt den Eingang einer Nachricht an.

Wollen Sie mich sehen?

Liebste Karoline,
ich will Sie sehen, ja. So so gern.

Karl sprang von der Bank auf und fing laut an zu schreien. So laut er konnte, schrie er. Es war ein glückseliger, aber auch verzweifelter Schrei, der sich wie eine auftürmende Welle über den alten Friedhof erhob, brach und den Park mit einem Konglomerat an Herzenstönen flutete. Ein ohrenbetäubender Versuch, Ordnung zu schaffen, ein hilfloses Unterfangen, das Wichtige vom Unwichtigen zu trennen, das Bedeutende in den Vordergrund zu rücken und das Blassere in den Hintergrund, das Zusammengehörende in Verbindung zu setzen und das Störende in die Ecken zu verbannen. Zu vieles war auf einmal in Karl. Nicht nur in seinem Kopf, auch in seinen Gliedern steckte und stockte es. So plötzlich fühlte er das Glück, das Karoline ihm bescherte, und so unvermittelt überfiel ihn die Angst, damit umzugehen.

Linus, Lydia, Novak, sein Vater, das Messer in seiner Hand, alles war mit einem Mal zu einem Klumpen geronnen, dass er nicht anders konnte, als seine ganze Überforderung herauszuschreien.

Karl sah, dass eine ältere Frau, die auf einer entfernteren Bank saß, sich erhob, ihm einen zögerlichen Blick zuwarf und dann zum Ausgang eilte. Karl wäre ihr am liebsten hinterher, um ihr zu sagen, dass sie keine Angst zu haben brauche, aber er wusste, wie viel Angst sie erst bekäme, würde er ihr tatsächlich hinterher eilen.

Wie gut es tat, zu schreien. Für sich alleine zu schreien sollte auf die Liste menschlicher Wohltaten geschrieben werden. Anschreien dagegen auf die Liste der Missetaten.

Das Smartphone. Karl setzte sich wieder auf die Bank.

Oh, lieber Karl, ich habe gerade gejuchzt vor Glück. Sie ahnen nicht, wie aufgeregt ich bin.

Liebste Karoline,
ist es nicht so, dass es keinen schöneren Buchstaben als das O gibt, um einen Satz zu eröffnen. Ein offenes Tor, geschützt von einem schwungvollen runden Rahmen. Es hat keine Ecken und Kanten, an denen man sich verletzen und keinen Haken, an dem man hängenbleiben könnte. Kein anderer Buchstabe bittet auf so herzliche Art einzutreten und schenkt schon beim Eintritt die Geborgenheit, die man sich erhofft. Auch jeder andere Vokal lässt sich mit einem h verbinden, und doch ist es nur das Oh, das sich juchzen lässt.

Ihr Karl im Glück

Ihr Karl. Noch immer. Die Vorstellung, dass sie sich beide bald treffen und noch immer siezen würden, ließ Karl auflachen. Was und wie sie sich schrieben, war doch schon längst für ein Du geeignet. Warum hatte er überhaupt so lange gezögert, auf das Du umzuschwenken? Während er darüber nachdachte, merkte er, dass er sich kaum vorstellen konnte, Karoline durch ein Du näherzukommen, als er sich ihr ohnehin schon fühlte. Aber war das nicht der Sinn des Du? Eine Nähe herzustellen. Machte das Sie die Beziehung zu Karoline nicht besonders, einzigartig? Möglicherweise ging durch das Du etwas verloren, das er oder sie beide unbewusst schätzten und dessen Verlust sie beide bereuen würden. Er wollte darüber nachdenken.

Novaks Brief lag noch auf der Bank. Karl steckte ihn zurück in die Tasche. Er wollte ihn am Abend nochmal lesen. Auf keinen Fall würde er Novak sagen können, er sei kein Mörder, das war ihm klar.

Karl schwang sich aufs Fahrrad und machte sich auf den Heimweg. Er lächelte, und wenn es der Verkehr erlaubte, fuhr er freihändig. Plötzlich zog er die Bremsen. Wie nah konnte man sich körperlich kommen, wenn man sich siezte? Es war nicht so, dass er sich nicht vorstellte, Karoline zu küssen, wenn sie sich trafen.

»Liebe Karoline, ich würde Sie gerne küssen«, sprach er leise vor sich hin. Es kam ihm zärtlicher vor, als wenn er den Satz mit einem Du sprach, aber er wollte auch nicht ausschließen, dass es peinlich und abgeschmackt war.

An der Hinterradbremse war der Bremszug gerissen. Karl schaute auf die Uhr. Er hatte Zeit und beschloss, den Fahrradladen aufzusuchen.

Durchs Schaufenster sah Karl, dass der Besitzer an einem Fahrrad, das an einem Montageständer hing, einen Lenker justierte. Auf dem Boden standen zwei Kaffeetassen, eine links von ihm, eine rechts. Als Karl sein Fahrrad durch die Tür schob, blickte der Besitzer zu ihm, dann zu seinem Fahrrad, und Karl war sich nicht sicher, ob der Fahrradmonteur angestrengt guckte oder ob ihn ein Schmerz durchfuhr, der ihm die Gesichtszüge gefrieren ließ.

»Ich brauche einen neuen Bremszug«, sagte Karl.

»Wenn ich eines weiß«, murmelte der Besitzer, »dann dass jeder, der diesen Laden betritt, etwas braucht.«

»Ist aber nicht schlimm, oder?«, fragte Karl.

Der Monteur schüttelte den Kopf.

»Sie haben es so betont, als wäre es schlimm.«

Der Monteur richtete sich jetzt ganz auf und stützte sich mit einem Arm auf dem Hinterrad ab.

»Es gibt halt so viele Läden auf der ganzen Welt, überall, und immer kommt jemand, der was braucht.«

Karl dachte, diesen Satz konnte man nicht trauriger sagen als dieser Mensch. Und man wusste nicht, ob ihn die Sätze traurig machten, oder ob die Sätze durch ihn erst traurig wurden.

Karl sagte nichts.

»Ich lebe davon«, sagte der Monteur, »ich weiß, aber ein Mensch, der immer was braucht, ist halt auch ein Mensch, dem immer was fehlt, und das ist nicht so schön.«

»Wie gesagt, mir nur ein Bremszug, das ist nicht viel.«

Der Monteur kam zu Karl, betrachtete die Bremse, fuhr mit der Hand über Lenker und Rahmen, drückte an den Schalthebeln, zog an der Kette und nickte, vielleicht, weil er sich erinnerte, dass er sie vor nicht langer Zeit erneuert hatte, wie Karl dachte. Dann brummte er ein langes Hmm.

»Ist doch kein schlechtes Fahrrad«, sagte Karl.

»Reicht Ihnen das?«

»Was?«

»Kein schlechtes Fahrrad zu haben.« Der Monteur blickte zu Karl und fuhr sich durch die Haare, worauf es knisterte, wie bei einem defekten Gasanzünder.

»Sie sind nicht alleine«, fuhr der Monteur fort. »Vielen Menschen reicht es, kein schlechtes Fahrrad zu haben. Wissen Sie auch, warum?«

»Warum?«, fragte Karl.

»Weil sie nicht mehr wissen, was ein gutes Fahrrad überhaupt ist.« Wieder brummte er ein langes Hmm.

»Was ist denn ein gutes Fahrrad?«, fragte Karl.

»Ein gutes Fahrrad geht mal kaputt, aber ihm fehlt nichts.«

»Mein Fahrrad ist kaputt, aber sonst fehlt ihm nichts«, sagte Karl.

»So, so«, sagte der Monteur, »meinen Sie. Nur, weil alles dran ist, glauben Sie, dass ihm nichts fehlt. Ich hoffe, Sie sind kein Psychiater.«

Karl schüttelte den Kopf. Er fühlte sich auf einmal wie auf einer Anklagebank, und sein Kopfschütteln war die Antwort auf die Frage, ob er sich schuldig bekenne.

»Viele Menschen geben sehr viel Liebe an ihre Fahrräder«, sagte der Monteur. »Viel Liebe. Ich sehe das, und ich weiß: Das ist vergebene Liebesmüh. Zwecklos. Weil ihre Fahrräder eben keine Fahrräder sind, sondern Spielzeug. Den Fahrrädern fehlt was, sie gehen nicht nur kaputt, sondern ihnen fehlt was. Sie bringen ihr Fahrrad nicht zu mir, weil sie einen neuen Bremszug, eine neue Kette oder irgendetwas anderes brauchen, sondern, weil Sie glauben wollen, dass ihrem Rad nichts fehlt. Aber das ist ein Irrglaube.«

»Was fehlt denn den Fahrrädern?«, fragte Karl.

»Das, was fast allen Produkten fehlt. Die Nächstenliebe«, sagte der Monteur.

Karl nickte, aber es war nicht so, dass er wirklich verstand, was der Monteur damit meinte, dass die Nächstenliebe fehlte.

»Also ein Bremszug«, sagte der Monteur und widmete sich schweigend Karls Fahrrad. Karl dachte derweil über die Worte des Monteurs nach und fragte sich, ob das, was der über Fahrräder gesagt hatte, auch für andere Dinge galt. War die Beziehung zu Lydia eine, die bloß kaputt war, der aber grundsätzlich nichts fehlte? Konnte man sie reparieren, oder war es vergebene Liebesmüh? Karl sehnte sich nach Karoline, und wenn man ihn gefragt hätte, was ihm fehlte, hätte er ihren Namen genannt. So war es.

Der Monteur schlug fünf Euro vor, womit Karl mehr als einverstanden war.

»Darf ich Sie fragen, warum Sie eine Tasse links und eine rechts stehen haben?«, fragte Karl.

»Weil meine Arme links und rechts sind. Sollte es eines Tages anders sein, stelle ich auch die Tassen um. Versprochen.« Er lachte. Karl nicht.

Linus sprang Karl in die Arme und wollte spielen. Lydia kochte und begrüßte Karl mit einem Hallo.

»Du kochst«, sagte Karl und wusch sich am Spülbecken die Hände.

»Wir können in einer Viertelstunde essen«, antwortete Lydia. Linus griff Karls Hand und versuchte ihn fortzuziehen. »Ich bin ja da«, sagte Karl, »ich komme gleich zu dir.« Er schüttelte Linus' Hand ab und blickte ihm hinterher, wie er missmutig zum Esstisch ging. Karl sah zu Lydia. Sie wendete Bratkartoffeln in der Pfanne.

»Danke, dass du kochst.«

Lydia nickte.

»Mir ist ein Bremszug gerissen, habe ihn noch reparieren lassen.«

Lydia nickte. »Gut«, sagte sie kurz darauf, als wollte sie vermeiden, dass ihr Schweigen sich zu einem stillen Vorwurf ausweitete.

»Der Mensch vom Fahrradladen sagte, mein Fahrrad sei nicht nur kaputt, ihm fehle auch etwas.« Karl lachte. »Ich dachte erst, er meinte, ich sollte es mal wieder putzen, aber nein, er meinte, den Fahrrädern allgemein fehle etwas und das Putzen sei im Grunde vergebliche Liebesmühe, ein sinnloses Polieren der Oberfläche.«

»Ich weiß ja nicht, was den Fahrrädern fehlt, aber wenn ihnen schon was fehlt, sollte man sie dann nicht erst recht pflegen und putzen?«, fragte Lydia. Sie stellte die Pfanne mit den Bratkartoffeln zur Seite, nahm eine weitere Pfanne aus der Schublade, goss ein paar Tropfen Öl hinein und stellte sie auf die heiße Herdplatte. Dann ging sie zum

Kühlschrank, holte drei Eier heraus, ging zurück an den Herd und schlug die drei Eier in die Pfanne. Sofort fing es an zu spritzen und zu brutzeln. Lydia legte einen Spritzschutz auf die Pfanne.

»Ja, vielleicht«, sagte Karl und ärgerte sich, dass er Lydias Einwand genauso einleuchtend fand wie die Ausführungen des Fahrradmonteurs.

»Ich war auch erst irritiert«, sagte Karl, »aber womöglich hat er nicht unrecht. Vielleicht fehlt manchen Sachen etwas Grundsätzliches, und es lohnt nicht, sich um sie zu bemühen. Weil ihnen eben immer etwas fehlen wird.«

»Willst du mir etwas sagen, Karl?«

»Nein, warum, ich wollte dir das einfach erzählen.«

»Warum nur kommt es mir so vor, als redetest du von etwas anderem als von Fahrrädern.«

Karl sagte nichts, betrachtete stattdessen fasziniert, wie sich in der Pfanne in Sekundenschnelle aus einer glibberigen Flüssigkeit festes Eiweiß bildete, aus dessen Mitte heraus sich drei saftige Eigelbe auftürmten.

»Ist vielleicht auch Quatsch«, sagte Karl.

Lydia warf ihm einen Blick zu. »Als Kind besaß ich eine Puppe, der ein Auge ausgefallen war«, sagte sie. »Ich habe ihr eine Augenklappe gebastelt und immer extra schöne Kleider angezogen. Morgens und abends habe ich ihr die Haare gekämmt, mit ihr Bücher angeguckt und ihr vorgesungen. Sie war nicht perfekt, aber besonders. Sie war meine Lieblingspuppe.«

»Vielleicht ist es das, was der Fahrradmensch meinte«, sagte Karl, »deine Puppe war vielleicht nur kaputt, aber ihr fehlte nichts.«

»Klingt nach Wortklauberei«, murmelte Lydia, »aber wie auch immer, was soll denn nun dann deinem Fahrrad fehlen?«

»Er sagte, das, was fast allen Produkten fehlt. Nächstenliebe.«

Lydia stellte die Herdplatte aus, nahm die Pfanne herunter und setzte die Eier mit einem Pfannenschieber auf die Bratkartoffeln. »Wir können essen«, sagte sie, »deckst du bitte den Tisch.« Karl ging mit Tellern, Besteck und Wassergläsern zum Tisch. Linus malte. Ein brennendes Haus.

»Warum malst du immer Sachen, die brennen oder explodieren?«, fragte Karl.

»Sonst kann doch die Feuerwehr nicht kommen«, antwortete Linus.

»Ist doch besser, wenn die Feuerwehr gar nicht erst zu kommen braucht«, sagte Karl.

»Nee«, murmelte Linus, »das ist langweilig.«

Karls Smartphone piepte. »Von mir aus«, sagte Karl, »aber jetzt räum deine Sachen weg, dass wir essen können.« Schnell deckte er den Tisch und überlegte, ob er noch vor dem Essen auf die Toilette gehen sollte, um die Nachricht zu lesen. Aber Lydia kam ihm schon mit der Pfanne entgegen, so dass er sich an den Tisch setzte. Wieder piepte sein Smartphone. Karl rollte mit den Augen.

»Willst du nicht nachschauen?«, fragte Lydia.

Karl schüttelte den Kopf. »Ich weiß schon«, sagte er, »Arbeit, ein Kollege ist krank.«

»Sonst rufen sie doch immer an«, sagte Lydia.

»Ja, aber so erreichen sie mich direkt.«

»Ich will nichts essen«, nölte Linus, als Lydia ihm auftat.

»Das hast du dir gewünscht, Linus, Bratkartoffeln mit Spiegelei. Natürlich isst du das.« Lydia stellte sich hinter ihn und schob Linus mit dem Stuhl dichter an den Tisch heran.

»Ich hab aber keinen Hunger.« Linus schob den Teller weg. »Papa«, wandte er sich an Karl.

»Dein Papa hat damit nichts zu tun«, sagte Lydia schon lauter, und es klang, als sagte sie es nicht nur zu Linus, sondern auch zu Karl. »Du hast vorhin gequengelt, dass du unbedingt Bratkartoffeln mit Spiegelei willst, und jetzt hast du sie auch. Du kannst sagen, vielen Dank, Mama, dass du das gemacht hast.«

»Ich will das aber nicht«, schrie Linus, beugte sich nach vorne und schubste den Teller noch weiter weg, so dass mehrere Bratkartoffeln vom Teller rutschten.

»Linus!«, schrie Lydia.

»Lydia«, rief Karl, »dann isst er halt nichts, ist doch nicht so schlimm.«

»Ist nicht so schlimm? Was soll das denn heißen? Musst du mir jetzt auch noch in den Rücken fallen? Ich stehe hier in der Küche, koche, was der kleine Prinz will, und jetzt wird das verdammt nochmal auch gegessen. Ich bin doch hier nicht der Idiot für alle.« Lydias Augen funkelten vor Wut. Karls Smartphone piepte.

»Jetzt geh halt endlich an dein scheiß Telefon«, schrie Lydia. Linus fing an zu weinen. Karl holte das Smartphone aus der Tasche und sah, dass drei Nachrichten von Karoline eingetroffen waren. Er schaltete auf lautlos und steckte das Smartphone zurück in die Tasche. »Arbeit«, sagte er und zuckte mit den Schultern, »wie ich sagte.«

»Ich will in mein Zimmer«, heulte Linus. Karl schaute fragend zu Lydia.

»Fehlt ihm auch was?«, schrie Lydia Karl an, »vielleicht Nächstenliebe, oder ist das zu reparieren?« Ihr kamen die Tränen. Sie drehte sich weg und schlug die Hände vors Gesicht. Karl und Linus hörten sie schluchzen. Linus stand vom Stuhl auf und rannte aus der Küche. Karl stand ebenfalls auf und ging zu Lydia. Behutsam legte er seine Hände auf ihre Schultern, aber sie schüttelte sie ab. »Lass mich«, sagte sie. Ohne sich nochmal umzudrehen, verließ auch sie die Küche. Niemand hatte das Essen angerührt. Karl ging zurück an den Tisch. Er stocherte in den Bratkartoffeln. Warm waren sie nicht mehr, und das Ei war sogar kalt. Er holte sein Smartphone aus der Tasche und legte es auf den Tisch. Zögerte, die Nachrichten zu lesen. Ahnte Lydia etwas? Karl wollte sich über Karolines Nachrichten freuen. Er wollte sich unbedingt über die Nachrichten freuen. Und er wusste, sie würden ihn glücklich machen. Sie machten ihn schon ungelesen glücklich. Aber er war nicht mehr unschuldig. Noch vor wenigen Minuten hatte Lydia weinend vor ihm gestanden, und dass sie die Küche verlassen hatte, bedeutete nicht, dass ihre Tränen trockneten. Die Nachrichten von Karoline würden ihn lächeln lassen, während Lydia verzweifelt im Bett lag. Das waren die Karten, die er noch verdeckt in der Hand hielt, aber irgendwann würde er sie offen auf den Tisch legen müssen.

Karl öffnete eine Flasche Wein. Nüchtern würde die Traurigkeit bleiern in der Luft und auf der Zeit liegen. Während er die Luft in Bewegung trank, räumte er den Tisch ab. Die Eier schmiss er weg, die Bratkartoffeln ließ er von den Tellern zurück in die Pfanne rutschen. Das Öl stellte er zurück in die Schublade, schmiss die Kartoffelschalen aus der Spüle in den Kompost und räumte Geschirr und Besteck in die Spülmaschine. Zu guter Letzt wischte er Herd, Küchenplatte und Esstisch sauber. Karl sah sich um, ihm bot sich eine ordentlich aufgeräumte Kulisse. Er öffnete ein Fenster und schaltete das Radio an. Zwar hatte er längst das Gefühl, dass die Luft wieder zu flirren begann, und doch vermittelten das Radio, die Musik und die sonoren, immer ein wenig aufgekratzten Stimmen der Moderatoren das Gefühl, die Welt drehe sich immer weiter, einfach immer weiter. So sehr Karl das Radio oft verfluchte, weil es ihm als Nivellierungsinstrument erschien, das wie ein Bulldozer alles Weltgeschehen platt und gleich machte, so wenig konnte er sich dagegen wehren, dass der immerwährende Wechsel von Musik und Moderation ein Gefühl von Zuversicht verströmte. Es gab einfach nichts, was diesen Rhythmus durcheinanderbrachte.

Drei Nachrichten. Vorsichtig nahm er das Smartphone in die Hand und wog es einen Moment lang darin, bevor er den Bildschirm entsperrte.

Lieber Karl,
ich freue mich so sehr, dass wir uns sehen wollen. Sie haben keine Ahnung, wie wild mein Herz schlägt bei dem Gedanken. Ich bin so voller Vorfreude, und ich bin so voller Angst. Ja, Sie lesen richtig, ich habe auch Angst, Sie zu sehen. Ich habe mich in Sie verliebt. Ich habe mich in Ihre Worte verliebt, mehr als ich es jemals für möglich gehalten hätte.

Ich bin so neugierig, wer hinter diesen Worten steckt. Außer den Briefen weiß ich nichts von Ihnen. Ich weiß nicht, was Sie sich von dem Treffen erwarten und erhoffen, und ich weiß es von mir auch nicht. Die Wahrheit ist, ich zittere vor Glück und vor Angst.

Ihre Karoline

Lieber Karl,
Sie gehören zu den ganz wenigen Menschen, die ich sieze. Am Anfang war das normal, wir kannten uns ja überhaupt nicht. Eigentlich kennen wir uns auch jetzt nicht, wie gesagt, ich weiß nichts von Ihnen, und doch habe ich das Gefühl, Sie besser zu kennen, als viele andere Menschen in meinem Umfeld. Ist das verrückt? Können Sie das nachvollziehen? Ich denke so viel an Sie, dass es mir absurd vorkommt, Sie zu siezen, andererseits finde ich es verrückt

schön, jemanden zu siezen, den ich abends mit in meine Träume nehme. Jetzt denke ich an unser Treffen und frage mich, wie ich Sie ansprechen soll. Was meinen Sie?

Ihre Karoline

Lieber Karl,
war das blöd, dass ich Ihnen das geschrieben habe?

Schreiben Sie mir bitte.

Ihre Karoline

Karl stand auf, er musste sich bewegen. Eine große Unruhe überfiel ihn. Unruhig tigerte er auf wenigen Quadratmetern umher. Er musste seine Gedanken sortieren, die Worte finden, die er Karoline zurückschreiben wollte.

Karoline war zu einer Welt geworden. Einer Welt, die sich unerwartet eröffnet und sich ihm in ungekannter Schönheit präsentiert hat. Einer Welt der Worte, der es an nichts fehlte.

Wenn er diese Welt jetzt nicht betrat, würde es ihm dann nicht so wie dem Panther in Rilkes Gedicht gehen, dass auch sein Blick müde werden würde? Ging es nicht darum, den Panther zu befreien und die Welt hinter tausend Stäben zu erkunden?

Karl ging zur Spüle und trank zwei Gläser Wasser.

Liebe Karoline,
ich danke Ihnen, dass Sie mir geschrieben haben, und ich danke Ihnen für Ihre Offenheit. Es geht mir nicht anders als Ihnen. Auch ich habe Angst, wobei es wohl eher Befürchtungen sind, als Angst.

Ich habe mich nicht getraut, Ihnen zu schreiben, dass ich verliebt bin. Aber ja, es ist wohl so. Ich spüre in so vielem, dass ich will, und dieses Wollen ist keiner Laune entsprungen, es ist nicht sprunghaft, nicht hart und unbarmherzig, sondern weich und zart, weil es aus nichts anderem als den innigen Banden der Sehnsucht geknüpft ist, die Raum und Zeit überdauern.

Die Furcht, die uns beide umtreibt, ist, wie es uns gehen wird, wenn wir uns gegenüberstehen. Wenn sich unsere Worte mit Bildern vermischen. Wir wissen es nicht. Was ich weiß, ist: Gerade weil wir uns in unsere Worte verliebt haben, bin ich voller Vertrauen. Was immer auch passieren wird, ich bin sicher, dass unsere Worte bleiben werden.

Vielleicht wollen wir es so machen: Ich nehme Sie in meine Arme, und so bleiben wir eine Zeitlang stehen, bis wir aufhören zu zittern. Was meinen Sie?

Ihr Karl

Er drückte auf Senden.

Liebe Karoline,
natürlich wäre es schon längst angemessen, uns zu duzen. Es ist ja so, dass sogar Goethe den Mond geduzt hat, obwohl die beiden viel weiter entfernt waren, als wir es voneinander sind. *Lösest endlich auch einmal meine Seele ganz.* Ohne Goethe nahetreten zu wollen, aber er klingt wie ein quengelndes Kind. Bei der Ansprache würde es mich nicht wundern, wenn der Mond Goethes Seele links liegen gelassen hat. Stellen Sie sich vor, Goethe hätte den Mond gesiezt: Vielleicht mögen Sie auch meine Seele mal erlösen, lieber Mond. Womöglich wäre das erfolgversprechender gewesen. Ist es nicht so, dass das Du dem Quengeln, dem Nörgeln und dem Fordern eine Tür öffnet, dass es dem Ton erlaubt, rau zu werden, wohingegen das Sie den Wünschen und Hoffnungen eine Form verleiht, die schon in ihrem Ausdruck leuchtet?

Was ich sagen möchte, liebe Karoline: Möglicherweise kann ich Ihnen durch das Du nicht näherkommen, als ich Ihnen durch das Sie bereits gekommen bin. Mir kommt es vor, als stecke das Sie voller Überraschungen. Wer würde vermuten, dass darin auch ein Eis steckt? Ist nicht alles, was auf der Zunge schmilzt ein Genuss? Aber vielleicht sollte man Goethe nicht widersprechen. Was meinen Sie?

Ihr Karl

Er überprüfte, ob das Smartphone noch auf lautlos geschaltet war und nahm sich vor, es bis zum nächsten Morgen nicht mehr in die Hand zu nehmen. Er wollte überlegen, wie er mit Novaks Brief umgehen sollte. War Novak ein Mörder? Konnte man ein Mörder sein, wenn die gleiche Tat einmal ausgezeichnet und das andere Mal bestraft wurde? War es einmal Pflicht und das andere Mal nicht? Karl ärgerte sich, dass Novak ihn damit konfrontierte. Er ahnte, dass, selbst wenn er die Frage für sich beantworten könnte, das noch lange nicht hieße, dass er diese Antwort auch Novak mitteilen könnte. Novak wollte eine Ja-oder-nein-Antwort, aber wie sollte er ihm sagen, ja, Sie sind ein Mörder, oder nein, für mich sind Sie kein Mörder. Das war unvorstellbar. Aber zu sagen, die Gesetze seien eben so, oder er verstehe die Gesetze auch nicht, wäre eine unwürdige Antwort, eine Drückeberger-Antwort. Nein, Novak hatte Mut bewiesen, indem er diesen Brief geschrieben und Karl gegeben hatte. Karl war ihm eine Antwort schuldig, die das würdigte.

Liebe Karoline,

ich habe eine Frage an Sie. Ein Mann bringt im Krieg gegnerische Soldaten um und bekommt dafür einen Orden. Später bringt er den Mann um, der seine Schwester misshandelt hat. Dafür bekommt er keinen Orden, sondern fünfzehn Jahre Gefängnis. Er fragt sich nun, ob er ein Mörder ist, und hat diese Frage mir gestellt. Ich weiß nicht, was ich ihm antworten soll und kann. Er ist ein Schüler von mir. Ich merke, dass ich mich ihm gegenüber nicht festlegen will. Ich will einer Antwort aber auch nicht ausweichen. Was meinen Sie?

Ihr Karl

Karl schaute aus dem Fenster und wartete, bis der Mond aus seinem Blick verschwunden war. Karoline hatte bis dahin noch nicht zurückgeschrieben. Er ging ins Bett.

Linus lag quer bei ihnen im Bett. Sein Kopf auf Lydias Bauch. Karl setzte sich auf die Bettkante und betrachtete die beiden im fahlen Lichtschein, das durch die halb offene Tür fiel. Lydia schlug die Augen auf.

»Was ist mit uns passiert, Karl?«

»Du bist noch wach?«

Lydia schwieg. Sie streckte Karl ihre Hand entgegen.

»Deine Hand ist ganz kalt«, sagte Karl, »soll ich die Heizung andrehen?«

Lydia schüttelte den Kopf. »Früher warst du die Heizung«, sagte sie, und Karl wusste, dass sie recht hatte. Es ärgerte ihn. »Was ist mit uns passiert, Karl?«

»Ich weiß es nicht, Lydia«, sagte Karl. »Es fühlt sich an, als wären wir nur noch genervt voneinander. Wir reden nicht mehr miteinander, nicht so, wie wir sollten. Es ist, als gingen unsere Worte immer am anderen vorbei. Wir treffen uns nicht mehr.«

»Ich habe nicht den Eindruck, dass du dich bemühst, dass du dich um mich bemühst.«

»Bemühst du dich?«, fragte Karl. »Vielleicht brauchen wir eine Pause.«

Lydia schwieg.

Karl dachte daran, dass ihnen beim Verlieben eine Silbe abhandengekommen und nur die Liebe übriggeblieben war, und jetzt hatte sich auch beim Bemühen umeinander eine Silbe verabschiedet, so dass nur die Mühe übrigblieb. Möglicherweise verloren Lydia und er zu viele Silben. Aber ihr jetzt zu sagen, dass sie sich auf die Suche nach den verlorenen Silben machen sollten, erschien ihm auch nicht die Idee zu sein, die einen Gemütsfrieden herstellen konnte.

»Ich schlafe auf dem Sofa«, sagte Karl, »Linus tut es sicher gut, wenn er nicht alleine ist.« Karl stand auf und ging leise zur Tür.

»Karl?«

»Ja.« Er blieb stehen und drehte sich zu Lydia um.

»Ich will keine Pause. Ich will, dass wir das hinkriegen.«

Das Sofa war zu klein, als dass Karl sich ausstrecken konnte. Er legte sich auf den Rücken und zog die Beine an.

Ihm ging das Gespräch mit Lydia nicht aus dem Kopf. Hatten sie früher auch so miteinander gesprochen und es einfach anders wahrgenommen? Oder gingen ihnen inzwischen die Worte verloren, wenn sie miteinander sprachen? So wie den Bäumen die Blätter im Herbst. Noch jetzt auf dem Sofa fühlte sich sein Mund seltsam trocken an und seine Zunge wie ein Fremdkörper. Es kam ihm so vor, als kämen ihm die Worte immer schwerer von den Lippen, als benutzte er eine Fremdsprache, die er gerade erst mühsam lernte. Warum hatte er nicht ihre Hand gewärmt?

Er spürte das Smartphone noch in seiner Tasche und holte es raus. Eine neue Nachricht.

Lieber Karl,
ich möchte Ihnen mit einer kleinen Geschichte antworten. An dem Tag, als ich den Führerschein ausgehändigt bekam, bin ich keine zwei Stunden später alleine einkaufen gefahren. Ein großer Supermarkt mit einem noch viel größeren Parkplatz davor. Es ging alles gut, bis ich rückwärts ausparken wollte. Viel zu früh schlug ich das Lenkrad ein und rammte das links von mir parkende Auto. Eine Schramme zog sich über dessen gesamte Seite. Es war kein kleiner Schaden. Dann tat ich etwas, das mich in der Rückschau selbst heute noch beschäftigt. Ich flüchtete. Ich war wie von Sinnen und tat etwas, was ich, als ich wieder zu Hause war, mit meinem Selbstbild überhaupt nicht in Verbindung bringen konnte. Ich begehe doch keine Fahrerflucht, das war ausgeschlossen. Und doch hatte ich Fahrerflucht begangen. Die Polizei, die am nächsten Morgen kam, bestätigte das. Es gab keinen Zweifel, ich hatte das nicht geträumt. Es gab mehrere Zeugen, die alles gesehen hatten, am Auto war ein Schaden, und ich war die einzige gewesen, die das Auto bewegt hatte. Ich musste erkennen, dass ich offensichtlich jemand war, den ich bis dahin nicht gekannt hatte.

Es gab Menschen, die mir Trost spenden wollten. Sie sagten, du bist jung, noch unerfahren, hast ja gerade erst deinen Führerschein bekommen, da passiert sowas halt.

Das stimmte alles, aber es änderte doch nichts an der Tatsache, dass ich jemanden geschädigt hatte und geflüchtet war. Wie Ihren Schüler ließ mich dieses Ereignis nicht los, und ich begann mir Fragen zu stellen.

Die langweiligste Frage war die, ob ich ein Unfallflüchtiger war. Die Antwort kannte ich und alle anderen auch. So wie Ihr Schüler auch weiß, was er getan hat. Die Frage, ob er ein Mörder ist oder nicht, ist eine Frage der Rechtsprechung, vielleicht auch eine philosophische Frage, aber keine Frage der Identität. Die Antwort, die Sie ihm geben können, wird ihn nicht entlasten und nicht verändern. Nur er kann letztlich für sich die Antwort finden, wie er seine Taten beurteilt und ob er sie bereuen muss.

Ich glaube, die wichtigen Fragen sind die, deren Antworten uns verändern können: Wer will ich sein, wie will ich leben, wie will ich lieben?

Ihr Schüler sollte sich nicht fragen, ob er ein Mörder ist, sondern, ob er der Mensch ist, der er sein will.

Ihre Karoline

In Gedanken bei Ihnen so so gern.

Karl kamen die Tränen. Er wischte sie nicht weg. Er drehte sich zur Seite, und so blieb er liegen bis zum nächsten Morgen.

Lydia und Linus waren schon weg, als er aufwachte. Er hatte vergessen, sich den Wecker zu stellen, und die zwei nicht gehört. Vielleicht hatten sie ihn auch nichts hören lassen. Karl freute sich, dass ihm dieser Gedanke kam. Auf der Kommode im Flur lag ein Zettel von Lydia.

Ich will, dass wir das mit uns hinkriegen, Karl. Und du?

Karl ging in die Küche, um sich einen Kaffee zu machen. Der Tag hatte noch nichts hervorgebracht außer einem Zettel, und schon wusste Karl, dass der Tag kompliziert werden würde. So oder so. Und wenn er es jetzt nicht schaffte, sich einen sehr guten Espresso zu machen, dann würde der Tag nicht nur kompliziert, sondern auch schlecht beginnen. Mit schlechtem Kaffee ahnen, dass der Tag kompliziert werden würde, war wie schmelzendes Packeis für Eisbären. Zwar konnte er auch ins Stehcafé gehen, dort würde man ihm einen exzellenten Espresso zubereiten, aber Karl brauchte das Gefühl, selbst etwas Gutes hinzubekommen. Er wollte dem Tag zeigen, dass er mitspielte, dass er willens war, die Fieberkurve des Tages aktiv gestaltend mitzubestimmen, und nicht nur passiv hinnahm, was der Tag für ihn bereithielt.

Karl besaß eine alte Siebträgermaschine, die er allerdings nur selten gebrauchte, weil es ihm oft zu lange dauerte, bis sie aufgeheizt war. Aber wenn er sie gebrauchte, war sie durchaus geeignet, sein Selbstbewusstsein mit Stolz zu füllen. Für einen guten Espresso brauchte es zuallererst gute Bohnen. Karl bevorzugte eine Mischung, die zu siebzig Prozent Arabica- und zu dreißig Prozent Robusta-Bohnen enthielt. Aber die besten Bohnen nützten nichts, wenn sie falsch gemahlen wurden. Mahlte man sie zu grob, floss der Kaffee zu schnell aus der Maschine und die Crema wurde wässrig. Mahlte man sie aber zu fein, wurde die Crema zu dunkel und der Kaffee bitter. Beachtet werden musste auch die Wassertemperatur. Das Wasser durfte nicht zu heiß, aber auch nicht zu kalt sein, und wenn man den Espresso zu fest in den Siebträger drückte, so litt das Ergebnis genauso darunter, wie wenn man ihn zu leicht presste. Ein guter Espresso war das Zusammenspiel vieler Faktoren, und wenn man nur einen beachtete, die anderen aber außer Acht ließ, dann war es ein Ding der Unmöglichkeit, dass er schmeckte. Beim Espresso konnte man nicht das Wichtige vom Unwichtigen trennen, jeder Faktor war von gleicher Bedeutung. Der Geschmack eines Kaffees kam nach den gleichen Kriterien zustande wie die Attraktivität eines Menschen. Es ging um die Verbindung innerer Werte mit äußerer Schönheit. Dafür brauchte es die Liebe zum Detail genauso wie Geduld, Beharrlichkeit und Sorgfalt, das Wissen um Zusammenhänge und den unbedingten Willen, einen guten Espresso trinken zu wollen. Egal durfte einem nichts sein.

Der Tag begann nicht schlecht, und beim zweiten Schluck überkam Karl sogar das Gefühl, mit einer gewissen Zuversicht in den Tag gehen zu können. Wenn man es schaffte, mit einer alten Siebträgermaschine guten Kaffee zu machen, so konnte man auch mit dem Leben fertig werden, dachte Karl, mochte es noch so verzwickt sein.

Das Telefon klingelte. Das Pflegeheim. Eine hohe Stimme, die versuchte tiefer zu klingen und die Karl schlecht verstand. Er vermutete die Asiatin und versuchte sich ihren Namen in Erinnerung zu rufen. Sie sagte, dass Karls Vater in der Nacht sehr unruhig gewesen sei. Er habe schwer geatmet und oft nach der Schwester geklingelt. Jetzt sei er ruhig, es gehe ihm gut, aber sie habe gedacht, sie rufe besser an.

»Es geht ihm gut?«, fragte Karl.

»Ja, aber nicht heute Nacht.«

»Meinen Sie, er stirbt?«, fragte Karl. »Soll ich kommen?«

»Ich glaube nicht, dass er stirbt.« Er schaut sich Fotos an.

»Er wollte wissen, ob ich ihn gern habe.«

»Was wollte er wissen? Ob Sie ihn gern haben? Wieso das denn?«, schrie Karl ins Telefon, obwohl er nicht fand, dass Gernhaben etwas war, das man niederschreien sollte, aber wenn sein Vater eine junge Frau fragte, die zudem noch Asiatin war, dann eben doch.

»Ich weiß nicht«, sagte die Frau, »ich habe nichts getan. Er wollte wissen, ob ich ihn gern habe, und ob ich lüge, wenn ich lächle.«

»Oh Gott«, murmelte Karl, »ich komme.« Er legte auf.

Während er sich die Zähne putzte, fiel ihm der Name der Asiatin ein: Narisara. Bevor er sich die Schuhe band, googelte er den Namen. Narisara bedeutete die Wundervolle. Hoffentlich hat er sie nicht belästigt, dachte Karl.

Narisara stand im Flur, als hätte sie auf Karl gewartet. Sie streckte ihm die Hand entgegen und lächelte ihn an. »Schön, dass Sie kommen«, sagte sie, und wieder umfasste sie seine Hand mit beiden Händen. »Ihr Vater freut sich immer.«

Karl schaute sie an, aber sagte nichts. Sie machte nicht den Eindruck, als wäre sie belästigt worden, dachte Karl beruhigt.

»Ihr Vater schaut Fotos an«, sagte Narisara. »So schöne Fotos«, fügte sie hinzu.

»Fotos?«, fragte Karl.

»Von früher«, sagte Narisara. »Sie als Junge. Ihr Vater hat große Freude. Nach der Nacht, ich bin sehr froh darüber.«

Karl nickte und hob die Augenbrauen. »Erinnerungen«, sagte er, »man kann auch in ihnen schwelgen.«

Narisara lachte. »Schwelgen?«, fragte sie, »ist das so wie baden?«

»Ja«, nickte Karl. »In Erinnerung baden und nicht merken, dass das Wasser kalt wird.«

Narisara schaute ihn fragend an, Karl winkte lächelnd ab und gab mit einem Kopfnicken zu verstehen, dass er nun ins Zimmer wollte.

Karls Vater saß in seinem Sessel, und auf dem Tisch vor ihm lagen ausgebreitet Fotos. Als er Karl bemerkte, lachte er seltsam auf, so als hätte er Karl einer Lüge überführt. Karl setzte sich ihm gegenüber und warf einen Blick auf die Fotos. Es waren Bilder aus seiner Kindheit, er auf dem Fahrrad, er auf dem Balkon und vor sich ein Teller mit Kuchen, er mit seinem Vater Grimassen schneidend, er mit Schultüte an seinem ersten Schultag … es war nicht so, dass er die Fotos nicht schon oft gesehen hätte. Karls Vater nahm immer wieder ein Foto zur Hand, um es sich genauer zu betrachten, und nicht selten huschte ihm dabei ein verschmitztes Lächeln übers Gesicht.

»Du tust so, als würdest du die Fotos zum ersten Mal sehen«, sagte Karl.

»Jedes Mal erzählen sie etwas Neues«, sagte sein Vater, »jedes Mal.«

»Aha«, murmelte Karl, »und was erzählen sie heute?«

»Dass du gelacht hast«, sagte Karls Vater, und seine Stimme bekam auf einmal einen tiefen Ernst. »Du hast gelacht. Ich hatte es fast vergessen, aber so war es. Schau hier.« Er hob ein Foto hoch und hielt es Karl hin. Karl sah sich im Alter von vielleicht fünf Jahren vor einem Haus stehen, an das er sich nicht mehr erinnerte. »Oder hier, schau.« Karl auf einem Klettergerüst zwischen den Beinen seines Vaters.

»Ach, Vater«, sagte Karl, »du glaubst doch nicht ernsthaft, dass Fotos die Wahrheit ablichten. Fotos erzählen die Geschichte, die der Fotograf erzählen will. Das hat mit Wahrheit gar nichts, überhaupt gar nichts zu tun. Vielleicht lache ich auf den Fotos, weil ihr gesagt habt: Jetzt lach doch mal.«

Karls Vater nickte, beugte sich vor und schob die Fotos zusammen.

»Warum hast du die Pflegerin gefragt, ob sie dich gernhat?«

»Hat sie dir das erzählt?«

»Ja, hat sie. Ich meine, es ist ungewöhnlich, findest du nicht? Noch dazu mitten in der Nacht.«

»Es gibt nicht viele Menschen, die ich noch fragen könnte«, sagte Karls Vater.

»Warum die Pflegerin?«, fragte Karl.

»Darf ich sie nicht fragen?«, fragte sein Vater zurück.

»Nun, es ist eine Frage, auf die sie schwer ehrlich antworten kann. Sie arbeitet hier, sie ist für dich zuständig, sie wird kaum sagen, dass sie dich nicht gernhat.«

»Vielleicht habe ich sie genau deswegen gefragt«, sagte Karls Vater.

»Du fragst sie, weil sie nicht die Wahrheit sagen kann? Warum das? Ich meine, was soll das, das ist doch … Blödsinn«, sagte Karl.

»Blödsinn«, wiederholte Karls Vater, »ja, vielleicht, aber in meinem Alter ist eine Lüge manchmal wichtiger als die Wahrheit.«

»Das glaube ich nicht«, sagte Karl, »eine Lüge kann nie wichtiger als die Wahrheit sein.«

Sein Vater lächelte ihn an. »Ich weiß, dass du das nicht glaubst. Es ist gut, wenn du keine Angst hast. Das ist gut«, wiederholte er. Karl räusperte sich und setzte sich aufrecht hin. »Ich weiß gar nicht, wie spät es ist«, sagte er und schaute auf den Wecker seines Vaters.

Eine Zeitlang saßen sie sich schweigend gegenüber. Schließlich sagte Karl: »Sollen wir einen Spaziergang machen?« Karls Vater schüttelte den Kopf. »Es reicht, wenn du das Fenster öffnest. Und dann möchte ich, dass du gehst, bitte.«

»Ok«, sagte Karl und versuchte sich die Irritation nicht anmerken zu lassen. »Ok«, wiederholte er, fand es aber genau genommen nicht ok. Er hätte den Zeitpunkt zu gehen gerne selber bestimmt, als ihn sich von seinem Vater diktieren zu lassen. »Ich muss eh los«, sagte er, stand auf, ging zum Fenster und stellte es auf Kippe. Er drehte sich zu seinem Vater um und starrte auf dessen Hinterkopf. Die Haare waren grau, dünn und kräuselten sich im Nacken. Eigentlich hatte ihn das immer gestört, dachte Karl und überlegte, ob er ihn darauf ansprechen sollte. Stattdessen sagte er: »Ich habe das Fenster gekippt und gehe jetzt.« Karl sah den Kopf seines Vaters nicken. Er machte einen Schritt vorwärts, aber sein Vater sagte mit unerwartet kräftiger Stimme: »Stopp, bleib da stehen.«

Karl blieb stehen. »Vater«, sagte er, »was …«

»Weißt du, was sich mein Vater von mir gewünscht hat?«, unterbrach ihn sein Vater.

»Vielleicht, dass du von dir aus das Fenster geöffnet hättest, ohne dass er dich darum hätte bitten müssen?«

Karl lächelte, er war zufrieden mit seiner Antwort, vor allem, dass er sie einigermaßen schlagfertig anbringen konnte. Egal, was sein Vater sagen würde, er hatte schon gekontert.

»Eine leichte Hand, aber einen starken Händedruck, das hat er immer zu mir gesagt. Karl, sagte er, für ein gutes Leben brauchst du eine leichte Hand, aber einen starken Händedruck. Ich wusste nie, wie ich ihm die Hand geben sollte«, sagte Karls Vater. »Meine Hand fühlte sich nie richtig an. Bis zum Ende nicht. Es tut mir leid, wenn ich mir das auch von dir gewünscht habe. Jetzt geh, bitte.«

Karl sah, wie sein Vater den Kopf zur Wand drehte. Während er kopfschüttelnd an seinem Vater vorbei zur Tür ging, warf er ihm einen Blick zu. Der hielt den Kopf weggedreht, die Augen waren geschlossen und die Hände lagen ineinander gefaltet auf dem Schoß.

Karls Hände zitterten, als er die Tür hinter sich schloss. Was in aller Welt war das gerade?, fragte er sich. Unschlüssig blieb er einen Moment auf dem Flur stehen. Er sah sich um, hätte gern nochmal mit der Pflegerin gesprochen, aber weder sie noch eine andere Pflegekraft war zu sehen. Karl beschloss, am Abend im Pflegeheim anzurufen und sich nach dem Zustand seines Vaters zu erkundigen. War das ein Rauswurf gewesen? Sein Vater hatte ihn noch nie gebeten, zu gehen. Musste er nicht froh sein, dass Karl ihn überhaupt besuchte?

Karls Smartphone vibrierte.

Einmal.

Ein zweites Mal.

Ein drittes Mal.

Karl wollte die Nachrichten auf dem alten Friedhof lesen.

Lieber Karl,
mir ist vor einem Jahr eine Uhr gestohlen worden, und ich hätte es nie für möglich gehalten, dass dieser eigentlich blöden Geschichte eine Bedeutung zukommt, dass ich sie Ihnen erzählen möchte. Aber es ist so gekommen, unerwartet, wie so vieles andere auch. Es ist mir wichtig, Ihnen davon zu erzählen, bevor wir uns sehen.

Wenn wir uns treffen, kann manches an Bedeutung gewinnen und manches verlieren. Aber das, was ich Ihnen erzählen möchte, ist für mich von so großer Bedeutung, dass ich auf keinen Fall möchte, dass es durch irgendetwas geschmälert werden könnte. Deshalb schreibe ich Ihnen jetzt davon.

Ich fuhr in einem Bus, als der Fahrer plötzlich eine Vollbremsung machen musste. Ich kippte nach vorne, konnte mich aber gerade noch an einer Haltestange festklammern, so dass ich nicht wie etliche andere Gäste durch den Gang stürzte. Aber meine Handtasche fiel mir aus der Hand und der Inhalt auf den Boden. Es war nicht so schlimm, andere hatten sich verletzt, dennoch war ich froh, dass ich alles wiederfand, bis auf die Uhr, die verschwunden blieb. Dass die Uhr überhaupt in der Handtasche und nicht an meinem Handgelenk war, lag daran, dass ich just an dem Tag bemerkt hatte, dass das Armband angerissen war und ich sie aus Sorge, dass sie abfallen würde, in die Handtasche gesteckt hatte. Die Uhr war ein Erbstück, und lange hatte ich Hoffnung, dass jemand sie vielleicht doch noch beim Fundbüro abgeben würde, so dass ich zögerte, mir eine neue zu kaufen. Stattdessen packte ich einen kleinen Reisewecker in die Handtasche, so dass ich jederzeit die Uhrzeit nachschauen könnte. Dennoch erwischte ich mich oft dabei, dass ich auf mein leeres Handgelenk blickte. Ich hatte die Uhr nicht nur als Accessoire getragen. Es mag für Sie verrückt klingen, aber das Wissen um die Uhrzeit bedeutete mir viel. Ich zog daraus die Gewissheit, noch genügend Stunden am Tag zu haben, das Vertrauen, Dinge in der verbleibenden Zeit schaffen zu können, und manchmal, wenn der Tag schon fortgeschritten war, empfand ich beim Blick auf die Uhr die Freude auf den Abend oder eine Zufriedenheit über den bisherigen Tag. Das Fortschreiten der Zeit gab mir das beruhigende Gefühl, dass die Erde sich immer weiterdreht und ich mich mit ihr. Die Zeit war für mich ein Rhythmus, in dem ich mich gut bewegen konnte, frei und dennoch gehalten. An dem Tag, an dem ich die erste Nachricht von Ihnen erhielt, befand ich mich gerade auf dem Weg, mir eine neue Armbanduhr zu kaufen. Ein Tag, an dem ich neue Zahlen und frische Worte empfing. Schön war beides, überraschend nur eines. Ich ahnte damals nicht, dass mich von nun an nicht nur die Zahlen, sondern auch Ihre Worte durch die Tage begleiten würden. Irgendwann geschah etwas Seltsames. Ich las eine Ihrer Nachrichten und vergaß, welche Uhrzeit es war, ja ich wusste nicht mal mehr, welche Tageszeit war. Es war, als ob ich durch das Lesen in einem zeitlosen Raum gelandet war. Und so geschah es immer öfter. Natürlich weiß ich noch immer, dass der Tag vierundzwanzig Stunden hat, dass es einen Morgen, einen Mittag und einen Abend gibt, aber plötzlich fühle ich am Mittag eine kühle Morgenbrise, als öffne jemand ein Fenster nur mir zuliebe, abends, wenn die Sonne längst untergegangen ist, spüre ich auf einmal die wärmenden Strahlen einer Mittagssonne, die hinter einer Wolke vorkommt, und morgens, wenn mir noch der Schlaf in den Augen sitzt, strömt mir unversehens der erfüllende Duft einer Blumenwiese in die Nase, die den Tag über von einem Schwarm Bienen besummt wurde.

Meinen Tagen ist die Zeit verloren gegangen, und gleichzeitig dehnen sich meine Tage immer weiter aus, als würden sie immer mehr Zeit bekommen. Gibt es die Zeit und die Zeit? Beide schreiben sich gleich, beide sprechen sich gleich, die eine verrinnt und die andere wächst, der einen kann man beim Vergehen zusehen und das Entstehen der anderen nicht erforschen.

Ihre Worte, lieber Karl, bringen die Zeit durcheinander, und Ihre Worte würfeln die Zeit neu zusammen. Sie haben neulich so wunderbar über Zahlen philosophiert, und es scheint mir, dass Zahlen etwas Mystisches haben, aber eine neue Zeit zaubern können nur Worte.

Wenn mich jemand fragen würde, wer macht denn diese andere Zeit, so könnte ich lediglich sagen, ich weiß nur, dass er Karl Löffelhans heißt. Und ich weiß, man würde meine Antwort belächeln, so wie man jemanden belächelt, der wirr redet, aber ich wüsste ja, dass es genau so ist, und auch ich würde lächeln, und ich lächele schon seit so langer Zeit.

Ihre Karoline

Dennoch ist es natürlich so, dass mein Wunsch, die Stunden, die es dauert, bis wir uns sehen, mögen sich dehnen, überschaubar ist.

Mein liebster Karl,
wir wollen Goethe widersprechen. Unbedingt. Ich hätte nie gedacht, dass es mich so beglückt, jemanden zu siezen, von dem ich gedacht hätte, dass ich mir nichts sehnlicher wünsche, als ihn zu duzen. Mit Ihnen zu schreiben ist, als würde ich vergessen, was ich gerade noch sicher glaubte, und finden, was mir verloren schien. Vielleicht ist das verrückt, wenn man plötzlich erkennt, dass man ist, wie man

noch nie gewesen war. Aber vielleicht ist genau das das Leben und nicht der Nebel. Denn der steckt so im Leben wie das Eis im Sie.

Ihnen so nah, wie der Mond einem manchmal nicht näher sein könnte.

Ihre Karoline

Karl bekam eine Gänsehaut. Eine Gänsehaut, weil er tiefes Glück empfand. Durfte er das ignorieren? Machte er sich nicht schuldig an seinem Leben, wenn er dieses Glück einfach vorbeiziehen ließ?

Wie wollen wir leben, wie wollen wir lieben, wie wollen wir sein? hatte Karoline geschrieben.

Karl beschloss, am Abend mit Lydia zu reden. Er würde ihr mitteilen, dass er übers Wochenende wegfahren werde, dass er ein paar Tage für sich brauche.

Auf dem Weg zum Gefängnis entschied Karl, mit seinen Schülern Schillers Ballade *Der Handschuh* zu besprechen. Karl mochte es, seinen Schülern zu zeigen, dass man über Texte, die vor zweihundert Jahren geschrieben worden waren, sprechen konnte, als wären sie von heute.

In Schillers Ballade geht es um einen Tierkampf, der am Hof von König Franz veranstaltet werden soll. Während der König mit seinem Gefolge auf dem Balkon der Arena sitzt, werden verschiedene Tiere auf den Kampfplatz gelassen: ein Löwe, ein Tiger und zwei Leoparden. Als alle wilden Tiere versammelt sind, wirft das Fräulein Kunigunde ihren Handschuh zwischen die Raubkatzen und fordert vom Ritter Delorges, der um ihre Liebe wirbt, ihr den Handschuh zurückzubringen. Dieser steigt in die gefährliche Arena und holt das Gewünschte zurück. Als Fräulein Kunigunde erwartungsvoll den Handschuh entgegennehmen will, wirft er ihr diesen mit den Worten »Den Dank, Dame, begehre ich nicht!« ins Gesicht und verlässt sie augenblicklich.

Die Ballade lädt ein, über Begriffe wie Ehre, Liebe, und Liebesbeweis zu diskutieren, und das sind Begriffe, die geeignet sind, bei Karls Schülern das Blut in Wallung zu bringen.

Karl kopierte den Text ohne das Ende der Ballade. Er las die Ballade zweimal laut vor, erklärte die Bedeutung der altertümlichen Worte und stellte durch ein paar Fragen sicher, dass seine Schüler den Konflikt, in dem sich der Ritter befindet, verstanden. Dann ließ er die Schüler Vermutungen anstellen, ob der Ritter in die Arena hinabsteigen wird, um den Handschuh zu holen. Er thematisierte den Druck, unter dem der Ritter angesichts der versammelten höfischen Gesellschaft steht. Das war etwas, das viele seiner Schüler nur zu gut nachvollziehen konnten: die Angst, sein Gesicht zu verlieren, wenn man glaubt, den tatsächlichen oder vermeintlichen Erwartungen anderer nicht gerecht zu werden. Karl ermunterte seine Schüler, von eigenen Erfahrungen zu berichten, auch wenn er wusste, dass sie im Ungefähren bleiben würden. Darüber zu sprechen, wie weit Begriffe wie Ehre, Würde, Liebe das eigene Tun bestimmen, war heikel, dessen war sich Karl bewusst. Die Gefangenen passten auf, was sie im Gefängnis von sich preisgaben. Jede persönliche Information oder jedes offen gezeigte Gefühl war mögliche Munition, mit der irgendwann geschossen werden konnte. Solange man sich im Gefängnis über seinen Gesprächspartner nicht wirklich sicher war, hatte kein Insasse einen Mord begangen, Drogen verkauft oder einen Raubüberfall verübt. Alle saßen wegen Schwarzfahrens oder weil sie die Stromrechnung nicht bezahlt hatten.

Einigen war nicht klar, warum das Fräulein Kunigunde den Handschuh in die Arena warf. »Sie muss doch wissen, dass das für den Ritter lebensgefährlich ist, zu den Tigern zu gehen. Wieso verlangt sie das? Nur wegen einem Handschuh, das ist doch bescheuert«, rief Trochnow.

»Ja, wegen so einem scheiß Handschuh, soll sie sich doch einen neuen kaufen«, stimmte Rotberger zu.

»Sie will, dass der Ritter seine Liebe beweist«, sagte Karl.

»Soll er seine Liebe beweisen, indem er stirbt?«, fragte Rotberger.

Karl zuckte mit den Schultern. »Es scheint ihr egal zu sein, ob er stirbt«, sagte er.

Bevor Karl seinen Schülern das Blatt mit dem Schluss der Ballade austeilte, ließ er jeden Schüler vermuten, wie die Ballade enden würde.

Acht glaubten, dass der Ritter von den Raubkatzen getötet werden würde. Sie vermuteten, dass der Schriftsteller Schiller damit zeigen wolle, dass man erst über mögliche Konsequenzen nachdenken solle, bevor man handelt. Karl musste innerlich lächeln: Über mögliche Konsequenzen nachdenken, bevor man handelt. Wer solche Sätze sagte, musste Therapieerfahrung haben, dachte Karl.

Fünf meinten, der Ritter würde die Raubkatzen töten, Kunigunde heiraten und mit ihr glücklich leben. Das waren die, die glaubten, jeder Text, der sich einer altertümlichen Sprache bediente und in dem ein Ritter vorkam, sei ein Märchen.

Vier meinten, der Ritter würde zu Kunigunde sagen, sie solle ihren Handschuh selber holen. Das waren die, die man vermeintlich für Befürworter der Gleichberechtigung halten könnte, aber wahrscheinlicher schien es Karl, dass sie für alles im Leben eine Risiko-Nutzen-Abwägung durchführten und immer eine Ausrede fanden, mit der sie sich unangreifbar machten. Diese Menschen waren gefährlich, dachte Karl, da sie an nichts glauben, außer an ihren persönlichen Vorteil. Karl war froh, dass es nur vier waren. Vielleicht gab es noch Hoffnung.

Sechs hatten keine wirkliche Idee, vermuteten aber, dass es ein unerwartetes Ende sein würde, denn wenn der Lehrer das Ende weglasse, dann müsse das einen Grund haben, und der Grund sei sicher ein überraschendes Ende. Das waren die, die Schul- und Therapieerfahrung hatten, und von beidem zu viel.

Die Schüler schienen im ersten Moment überrascht, dass der Ritter erst den gefährlichen Gang in die Arena wagt, dann aber den Dank von Kunigunde abwehrt und ihr den Handschuh sogar ins Gesicht wirft. Als sie sich aber nochmal bewusst machten, dass Kunigunde den Tod des Ritters von Anfang an in Kauf genommen hatte, fanden sie sein Verhalten geradezu großartig, ein wirklicher Ehrenmann sei der Ritter.

Karl sagte, dass der Ritter sich nur deshalb so verhalten konnte, weil er eine Vorstellung von den Begriffen hatte. »Er hatte eine Vorstellung davon, was er unter dem Begriff Liebe versteht, davon, was er unter dem Begriff Liebesbeweis versteht, und davon, wie er Würde und Ehre definiert. Ein Mensch, der den Worten eine andere Bedeutung gibt, hätte sich anders verhalten als unser Ritter Delorges.«

Karl nahm wahr, dass Novak sich an den Händen kratzte.

»Wir können der Mensch sein, der wir sein wollen«, sagte Karl und machte eine Pause, um sicherzustellen, dass er die Aufmerksamkeit seiner Schüler hatte. Dann wiederholte er: »Wir können der Mensch sein, der wir sein wollen, aber dafür brauchen wir eine Vorstellung, was Worte bedeuten können.«

Karl ging zum Fenster, er fühlte sich erschöpft. Er hoffte, dass jetzt niemand etwas sagen würde, keiner einen blöden Witz riss und vor allem, dass niemand sagte, er habe das nicht verstanden. Manchmal schämte er sich, dass er keinen kreativeren, abwechslungsreicheren Unterricht zustande brachte, letztlich machte er wenig anderes, als vor der Klasse zu stehen und sie vollzuquatschen. Und dennoch schien ihm zuhören und reden die beste Möglichkeit zu sein, seinen Schülern zu zeigen, dass sie ihm nicht unwichtig waren.

»Wollen wir zwei gute Gedanken in die Freiheit entlassen«, sagte Karl und bat die Schüler, auf ein Blatt zu schreiben, was ein Liebesbeweis ist.

Die meisten Stimmen bekam der Vorschlag: selbstgepflückte Blumen.

Die zweitmeisten Stimmen bekam der Gedanke: Wenn die Liebe nicht da ist, lässt sie sich nicht beweisen. Wenn sie da ist, muss sie nicht bewiesen werden. Karl vermutete, dass den Satz Rudloff geschrieben hatte. Rudloff war bis zur siebten Klasse auf dem Gymnasium gewesen, hatte aber keinen Schulabschluss und saß deshalb in Karls Hauptschulklasse. Rudloff konnte gut formulieren. Leider hielt er sich für einen Philosophen von großem Geist. Betrüblicherweise hielt Karl ihn für einen Möchtegernphilosophen von kleinem Geist. Philosophen von kleinem Geist zeichnen sich dadurch aus, dass ihre Sätze gut klingen, aber wenig durchdacht sind.

»Es ist übrigens so«, sagte Karl, »dass Lesen hilft, eine Vorstellung davon zu bekommen, was Worte bedeuten. Deshalb lese ich mit Ihnen Texte. Ich sage Ihnen das nur, weil Sie sich womöglich manchmal fragen, warum ich so unterrichte, wie ich unterrichte. Jetzt wissen Sie es.«

Novak meldete sich. Karl sah ihm an, dass er nervös war. »Ich verstehe das nicht mit den Worten. Warum über Worte nachdenken. Muss man doch über Taten nachdenken, oder?«

Karl nickte. Er sah Novak an und nickte wieder. Novak hatte also nicht verstanden, was er hatte sagen wollen. Hatte es überhaupt irgendeiner seiner Schüler verstanden?, fragte sich Karl. Er überlegte. Wie konnte er Novak antworten, ohne sich direkt auf seinen Brief beziehen zu müssen.

»Sie alle sitzen hier im Gefängnis wegen etwas, das Sie getan haben, aber nicht wegen dem, was Sie sind«, sagte Karl.

Seine Schüler schauten ihn mit großen Augen an.

»Was sind wir denn?«, fragte Rotberger.

»Erinnern Sie sich an den Konjunktiv, an die Möglichkeitsform? Und dass ich Ihnen gesagt habe, dass niemand die Prüfung bestehen wird, der den Konjunktiv nicht liebt? Es ist nicht so, dass das ein Scherz gewesen wäre. Sie sind eine Möglichkeit, Herr Rotberger. Sie können der sein, der Sie sein wollen. Sie entscheiden Tag für Tag. Sie sollten das nicht vergessen.«

Die Sonne war bereits müde. Ihr ging die Kraft aus, als Karl auf dem Turm angelangt war. Er nahm das Blatt von Rudloff und schrieb unter dessen Gedanken: Dieser Satz ist möglicherweise falsch. Dann faltete er beide Blätter zu Papierseglern und ließ sie durch die Lüfte segeln.

Karl blieb noch ein bisschen auf der Plattform sitzen. Er zog sein Smartphone aus der Tasche.

Liebe Karoline,
die Sonne ist müde, aber mein Herz geht auf. Es bläst ein Wind, aber ich friere nicht. Ich denke an Sie. Wollen wir uns am Wochenende in F. treffen?

Ihr Karl

Lieber Karl, liebster Karl,
eine einfache Frage, und ich lese sie immer wieder, laut und leise. Reibe mir die Augen, um zu sehen, ob sie auch taugen. Ich fange an zu zittern, aber mir ist nicht kalt. Der Abend kündigt sich an, aber die Sonne geht auf.

Ihre Karoline

Niemand erwiderte Karls Hallo, als er die Haustür hinter sich schloss. Auch als er die Tür zum Wohnzimmer öffnete, reagierte niemand. Dann sah Karl Linus auf dem Sofa rumturnen. Er hielt seine Knie umfasst und schaukelte gedankenverloren vor und zurück. Karl hörte ihn summen. Es lief eine CD mit Kinderliedern. Lydia saß vor dem Sofa, eine aufgeschlagene Zeitung auf ihrem Schoß, die Augen geschlossen. Neben ihr stand ein Teller, auf dem zwei Apfelschnitze braun wurden. Karl blieb unschlüssig stehen. Es war ein schönes Bild, das sich ihm bot, ein Bild vertrauter Zweisamkeit zwischen Mutter und Kind, und Karl fühlte sich plötzlich wie ein Eindringling. Es kam ihm so vor, als könnte er das Bild nur zerstören. Zwar blieb die Ahnung, dass er dazugehörte, aber das Gefühl, zu spät gekommen zu sein, war stärker.

Es war Linus, der auf ihn aufmerksam wurde und freudig Papa rief. Lydia schlug die Augen auf und lächelte, als sei sie gedanklich noch in einer schönen Erinnerung. Karl nickte ihnen lächelnd zu. Lydia legte die Zeitung zur Seite und stand auf. Sie war noch unsicher auf den Beinen und suchte Halt an der Sofalehne. Sie musste lachen, und auch Karl lachte. Linus schaukelte noch stärker vor und zurück.

»Wollen wir uns mal umarmen?«, fragte Lydia Karl.

»Ja«, sagte Karl und wunderte sich, wie belegt seine Stimme klang. Er wiederholte das Ja, worauf Lydia erneut lachte und sagte: »Du traust dir wohl selbst nicht, wenn du dich schon wiederholen musst.«

Karl konnte die Umarmung nicht genießen, stattdessen ertappte er sich dabei, dass er die Umarmung analysierte, unsicher war, wie sie sich anfühlte, nicht spürte, ob sie sich vorsichtig oder kraftvoll umarmten, sich fragte, ob seine Bewegung zu mechanisch war, und ob Lydia die Frau war, die er weiterhin umarmen wollte. Er war der erste, der sich aus der Umklammerung löste, obwohl er dachte, dass Lydia ihre Arme zuerst gelockert hatte, und zu spät merkte, dass sie lediglich nachfassen wollte.

Karl deckte den Tisch, während Lydia sich wieder zu Linus aufs Sofa setzte und ihn ermunterte, die Kinderlieder mitzusingen. Karl wollte ihr später sagen, was für eine schöne Stimme sie hat.

Das Abendessen neigte sich dem Ende zu. Lydia saß ihm gegenüber und legte ihren Arm auf die Tischplatte, die Handfläche nach oben. Sie lächelte Karl an. Karl legte seine Hand in ihre. Eine Zeitlang verharrten sie so. Schließlich sagte Karl: »Ich werde das Wochenende wegfahren. Ich brauche ein paar Tage für mich. Allein. Ich …«

»Schon gut«, unterbrach ihn Lydia und zog ihre Hand weg, »so fängt es ja meistens an.«

»Was meinst du damit, so fängt es meistens an? Ich habe nur gesagt, dass ich mal ein paar Tage für mich brauche«, sagte Karl. »Ist das schlimm?«

Lydia schüttelte den Kopf, aber sie sah traurig aus.

Karls Smartphone brummte. Karl reagierte nicht darauf. Er sah zu Lydia, die mit dem Messer Brotkrumen auf ihrem Teller zusammen und wieder auseinander schob. »Lydia …«, sagte Karl, aber Lydia schüttelte erneut den Kopf. »Schon gut, fahr weg, wenn du allein sein willst«, sagte sie.

»Warum betonst du das Alleinsein so komisch?«, fragte Karl, und seine Stimme klang genervt. »Herrje, das ist doch kein Verbrechen, dass ich mal alleine sein will.«

»Willst du nicht schauen, wer dir geschrieben hat?«, fragte Lydia.

»Es geht doch jetzt um etwas anderes«, sagte Karl.

»Erinnerst du dich, als wir vor drei Jahren eine Krise hatten? Krise ist vielleicht ein zu großes Wort, ich weiß schon gar nicht mehr genau, worüber wir gestritten hatten, auf jeden Fall hatten wir uns über mehrere Tage angeschwiegen, bis du dann sagtest, lass uns zusammen ein Wochenende wegfahren. So haben wir es gemacht. Wir brachten Linus zu meiner Mutter und sind zusammen in die kleine Pension in B. gefahren. Erinnerst du dich? Es waren schöne Tage.«

Karl wusste, es gab Situationen, in denen man die Wohnung verlassen sollte: wenn es brannte zum Beispiel oder wenn eine Diskussion drohte, in eine Sackgasse zu geraten. Die Wohnung brannte nicht, und in aller Regel würde man sagen, zum Glück brannte sie nicht, aber eine Diskussion, in der man verteidigen wollte, dass es wichtiger sei, Tage alleine verbringen zu wollen, was nicht mal der Wahrheit entsprach, anstatt Tage mit seiner Frau, die es unzweifelhaft brauchte, barg genügend Sprengstoff für einen Flächenbrand, gegen den ein einfacher Wohnungsbrand ein Strohfeuer war.

Deshalb sagte Karl: »Ich mache einen Spaziergang. Lass uns später nochmal reden.«

»Ich sage, wir hatten schöne Tage, und deine Antwort darauf lautet, dass du einen Spaziergang machst. Das ist so absurd, als hättest du das von Woody Allen geklaut. Wenn Linus sich unsere Kommunikation abguckt, dann können wir ihn schon mal vorsorglich zur Therapie anmelden.« Lydia sah Karl mit einem Gemisch aus Fassungslosigkeit und Belustigung an.

Wenn man vorschlägt, ein paar Tage alleine wegzufahren, und zwei Sätze später braucht der Sohn eine Therapie, dann muss man kein ausgebildeter Psychologe sein, um zu erkennen, dass am besten einer spazieren ginge und man das Gespräch später fortsetzen sollte, dachte Karl.

Er wiederholte: »Wir reden nachher.«

Noch im Treppenhaus schaute er auf sein Smartphone.

Lieber Karl,
ich komme morgen mit dem Zug um 15.12 Uhr. Passt Ihnen das?

Liebe Karoline,
ich hole Sie ab. Warten Sie am Gleis, liebste Karoline.

Ihr Karl

Karl schaltete das Smartphone auf lautlos. Auf der Straße sah er in der Ferne Frau Kircheisen. Homer sah er nicht. Im ersten Moment war Karl enttäuscht, Homer hätte es geschafft, den Streit mit Lydia für einen Augenblick vergessen zu lassen. Karl wartete und hoffte, dass Homer gleich noch auftauchen würde. Aber Frau Kircheisen kam alleine, und es war nicht so, dass Karl nicht erkennen konnte, dass sie in Gedanken versunken war, und wie er ihren Schritt und ihre Körperhaltung interpretierte, war es keine Einhunderttausend-Euro-Frage, ob ihre Gedanken heiteren Gemüts waren. Ihr Blick war auf den Gehweg gerichtet, schien aber durch diesen hindurchzugehen, an einen Ort, der ihr offensichtlich Sorge bereitete. Sie schien Karl nicht zu bemerken, doch kam es ihm nicht so vor, als wollte sie ihn ignorieren, dafür war ihre Überraschung zu wahrhaftig, als er sie ansprach.

»Hallo, Frau Kircheisen, guten Abend.«

Erschrocken sah sie auf, und es dauerte einen Moment, bis sie registrierte, wer da vor ihr stand.

»Herr Löffelhans, hallo.« Ihr Blick rutschte zur Seite, als stünde sie innerlich auf einem wackligen Stuhl und fürchte, die Balance zu verlieren. Karl registrierte zu spät, dass sie offensichtlich ohne Gespräch weitergehen wollte.

»Wo ist Homer?«, fragte er schon. »Ich weiß jetzt, wie ein Gärtner stirbt. Der beißt ins Gras. Und dass ein Koch den Löffel abgibt. Ich dachte, ich könnte heute mal einen Punkt machen.«

Abrupt blieb Frau Kircheisen stehen und wandte sich zu ihm. Stumm starrte sie ihn an. In ihrem Blick war ein Erschrecken, als hätten seine Worte etwas heraufbeschworen, was ihr jetzt erst in aller Deutlichkeit vor Augen trat. Karl lächelte unsicher. Frau Kircheisen schossen Tränen in die Augen. Ihre Unterlippe fing an zu zittern.

»Entschuldigen Sie bitte, Frau Kircheisen, es war wohl blöd?«, fragte Karl und wusste selbst nicht genau, was er damit meinte. Seine Stimme klang zu dünn, als dass er sie als seine anerkennen wollte, und deshalb hallte sie mehrfach in ihm nach, was ihm ein Gefühl der Lächerlichkeit verlieh.

»Sie wissen nichts?«, fragte sie mit bebender Stimme.

Karl schüttelte hilflos den Kopf.

»Homer?«, fragte er unsicher.

Frau Kircheisen schluchzte und schlug die Hände vors Gesicht. Dann schüttelte sie heftig den Kopf, als versuche sie eine Haltung wiederzuerlangen, die ihr für einen Moment verlorengegangen war. Sie rieb sich die Augen, nahm die Hände vom Gesicht, und Karl sah hilflos zu, wie die Wimperntusche jeden Halt verlor, verschwamm und das Bemühen von Frau Kircheisen unterlief. Sie schien an Karls Blick zu bemerken, was er wohl sah, und während ihr Tränen über die Wangen liefen, versuchte sie, erklärende Worte hervorzubringen, aber die Tränen ließen auch die Worte verschwimmen, so dass Karl sich mehr zusammenreimte als wirklich verstand, dass es ein Unglück gegeben haben musste.

Er wusste sich nicht anders zu helfen, als die Arme auszubreiten. Es war eine Geste, die in ihrer unvermittelten Offenheit Frau Kircheisen zu überfordern schien. So heftig stürzte sie in seine Arme, als wäre ihr jede Möglichkeit, sich dagegen zu wehren, genommen worden. Karl war Frau Kircheisen noch nie näher als in Armlängenabstand gekommen, jetzt spürte er ihre Tränen auf der Haut, ihre Hände auf seinem Rücken, und ihre Haare streiften über seine Wangen. In seinem Kopf purzelten die Gedanken wild durcheinander. Es war lange her, dass er eine Frau so umarmt hatte, und auch wenn die Umarmung lediglich ein Trost sein sollte, fühlte er sich nicht wohl damit. Karl war ein großer und grundsätzlicher Befürworter von Umarmungen, aber vielleicht war es so, dass bei Umarmungen die Reihenfolge der Umarmungen eine nicht zu vernachlässigende Rolle für das Wohlbefinden spielte. Es gab Lydia, die er umarmen sollte, und Karoline, die er umarmen wollte, aber im Arm hielt er Frau Kircheisen. Und es kam ihm vor, als würde sie ihn fester an sich drücken, oder war es das vom Schluchzen verursachte Aufbäumen des Brustkorbs, das ihn eine Enge spüren ließ? Karl erinnerte sich, dass Homer darauf gedrungen hatte, dass er seiner Mutter eine Blume schenkte. Er hoffte nicht, dass durch diese Geste in ihren Gefühlen zu ihm eine Silbe dazugekommen war. Bei Licht besehen, wusste er so gut wie gar nichts über Frau Kircheisen.

»Was ist passiert?«, fragte er vorsichtig.

Mit einem Ruck drückte sich Frau Kircheisen von Karl weg, wischte sich die Tränen aus dem Gesicht, aber ihre

Stimme blieb noch halb im Wasser, als sie sagte: »Entschuldigen Sie, Herr Löffelhans, ich wollte nicht, dass Sie, aber als Sie die Rätsel … Homer …«

»Was ist mit Homer?«, fragte Karl.

Frau Kircheisen schluckte, versuchte, ihre Stimme über Wasser zu halten, und es dauerte einen Moment, bis sie glaubte, sie unter Kontrolle zu haben.

»Er ist im Krankenhaus«, sagte sie und Karl kam es vor, als konzentrierte sie sich auf jedes einzelne Wort, um nicht erneut in Tränen auszubrechen.

»Mein Gott, was ist passiert?«

Frau Kircheisen zögerte, als sei sie unsicher, ob sie der Umarmung eine weitere Intimität folgen lassen wollte, denn nichts anderes bedeutete es doch, das Schicksal des eigenen Kindes preiszugeben.

»Er ist aus einem Trampolin gestürzt«, sagte sie leise, als wollte sie selbst dem Klang ihrer Worte nachlauschen, um zu erfassen, was sie ausdrückten.

Karl fuhr es durch Mark und Bein. Trampolin. Aus einem Trampolin hallte es in seinem Kopf wider. *Aus* nicht *von*.

Karl starrte ungläubig auf die sich vor ihm bewegenden blassen Lippen und hoffte, es möge sich als böser Traum erweisen, was sie von sich gaben. Homer sei zu diesem Geburtstag eingeladen gewesen, sagte Frau Kircheisen, und schob mit schiefen Lächeln nach, dass er sich so gefreut habe, dass er über Tage von nichts anderem geredet habe. Er habe nicht gewollt, dass sie ans Telefon gehe, weil er Angst hatte, dass er wieder ausgeladen werden würde. Das sei ein paar Mal vorgekommen, sagte sie, und Karl spürte an ihren Worten, dass mit Homer auch sie ausgeladen worden war.

»Homer war so aufgeregt, als wir wirklich losgegangen sind. Den ganzen Weg hüpfte er an meiner Hand, dass ich fürchtete, er renkt mir meine Schulter aus. Als wir klingelten, entdeckte er im Garten ein Trampolin. Er riss sich von mir los und rannte dorthin. Mein Gott, dachte ich, na ja, was soll passieren, es hatte ein Netz.«

»Ein Netz«, wiederholte Karl, als hoffte er, dass Frau Kircheisen den Kopf schütteln und sagen würde: Nein, kein Netz, es hatte eben kein Netz.

Stattdessen sagte sie: Ja, ein Netz, ein kaputtes. Jemand hatte es zerschnitten.

»Zerschnitten«, wiederholte Karl. Er spürte, wie ihm der Schweiß über den Rücken lief.

»Homer?«, fragte er. Sein Mund fühlte sich trocken an, während sein Rücken immer feuchter wurde.

»Die Ärzte sagen, man müsse warten. Homer stürzte auf einen Blumenkübel, sie wollen sich nicht festlegen.«

»Das kann nicht wahr sein«, entfuhr es Karl. Frau Kircheisen sah ihn an. Sie zuckte mit den Schultern, als wären ihr alle Worte verlorengegangen. Es kam ihm vor, als fühlte sie sich unwohl seinetwegen, weil sie ihm alles erzählt hatte und es trotzdem nicht vorbei war, weil er immer noch vor ihr stand und keiner von beiden wusste, wie sie sich voneinander trennen sollten, und Frau Kircheisen noch nicht mal im Ansatz ahnte, wie sehr sie miteinander verbunden waren.

Ihm fielen zwei Möglichkeiten ein:

1. Er wünschte Frau Kircheisen alles Gute und ging zurück in seine Wohnung.

2. Er wartete, dass Frau Kircheisen ihm alles Gute wünschte und ging zurück in seine Wohnung.

Er machte einen Schritt vorwärts und umarmte Frau Kircheisen. Er umarmte sie, um ihr nicht ins Gesicht blicken zu müssen. Er umarmte sie, um ihr sein Gesicht nicht länger zuzumuten. Womöglich war das die armseligste aller Umarmungen, aber vielleicht war es auch die beste Idee, die er seit langer Zeit hatte. Er wollte sich da nicht mehr festlegen. »Es tut mir so leid«, murmelte er. Dann drehte er sich abrupt um und ging schnell zurück in die Hofeinfahrt, in das Haus, in die Wohnung, auf die Toilette.

Karl erbrach sich. Kniete vor der Toilettenschüssel und fühlte sich unfähig aufzustehen. Legte seine Arme auf die Toilettenschüssel, seinen Kopf auf die Arme und schloss die Augen. Irgendwann klopfte es an die Tür. Jemand rief seinen Namen. Karl schrak hoch, gedankenverloren betätigte er die Spülung und öffnete die Tür. Lydia und Linus standen vor ihm.

»Was ist los?«, fragte Lydia. Ihr Blick ruhte prüfend auf ihm, als ahnte sie, dass es etwas Verborgenes aufzuspüren galt. Linus griff die Hand seiner Mutter, als wollte er ihr seine Unterstützung signalisieren. Karl hätte am liebsten beide umarmt.

»Papa?«, sagte Linus und in Karls Ohren klang es ungeduldig, als warte er, dass sein Vater endlich etwas sagte.

»Nichts«, sagte Karl und wusste, dass seine Antwort nicht ausreichte, damit Lydia und Linus den Weg frei machen würden.

»Wir haben euch vom Fenster aus gesehen. Ihr habt euch umarmt. Frau Kircheisen hat geheult. Ist das nichts?«

Karl sah Linus an, dann Lydia. Ihm war klar, dass er nichts sagen konnte, was nicht eine weitere Frage nach sich ziehen würde. So lange, bis er das Trampolin erwähnt hätte, das zerschnitten worden war. Er konnte Lydia und Linus nicht in die Augen schauen und sagen, dass *er* es zerschnitten hatte, und er konnte noch weniger sagen, dass *jemand* es zerschnitten hatte. Grundsätzlich hatte Karl große Sympathien für Menschen, die nichts sagten. Es war ja keineswegs so, dass auf der Welt zu wenig gesagt wurde. Vielmehr schien es so zu sein, dass so viel gesagt wurde, dass das, was eigentlich gesagt werden sollte, immer undeutlicher wurde. Im Grunde genommen, sprachen die Menschen umgekehrt, wie sie eine Zwiebel schälten: Sie setzten Schicht für Schicht drauf, bis der eigentliche Kern verdeckt war. Das Problem war, dass er jetzt in eine Situation geraten war, in der es genau umgekehrt war: Wenn er etwas sagte, dann würde Schicht um Schicht abblättern und zum Vorschein kommen, dass er schuld daran war, dass ein Kind schwer verletzt im Krankenhaus und sein weiteres Schicksal im Ungewissen lag. Es würde offenbar werden, dass er nichts anderes war, als eine armselige Wurst, jemand, der richtig denken wollte, aber falsch gedacht hatte, jemand, der nicht erkannt hatte, dass er von kleinem Geist war. Er konnte es drehen und wenden, wie er wollte: Er war in eine Sackgasse geraten.

»Karl?« Lydia sah ihn unverwandt an und Linus presste seine Finger so fest um ihre Hand, dass sie weiß wurden.

Karl schüttelte den Kopf. »Ich kann nicht«, flüsterte er.

»Was kannst du nicht, Karl? Herrje, vielleicht sagst du einfach mal, was los ist?«

»Ich kann nicht«, sagte Karl und wandte seinen Blick ab.

»Karl«, sagte Lydia mit leiser Stimme, »ich frage dich das jetzt und dann nie wieder: Hast du eine Affäre mit Frau Kircheisen?«

»Nein.« Karl schüttelte den Kopf. »Nein.«

»Und du kannst trotzdem nicht sagen, was los ist?«

»Es ist kompliziert«, sagte Karl.

»Und du hältst mich nicht für fähig, komplizierte Sachverhalte zu verstehen?«

»Doch. Es ist nicht kompliziert, es ist schlimm.«

»Also, wenn es kompliziert wäre, könntest du es mir sagen, aber da es schlimm ist, nicht. Habe ich das richtig verstanden?«

»Warum machst du das Lydia?«

»Warum mache ich was?«

»Mich in die Enge treiben.«

Lydia schaute Karl ungläubig an. »Du machst mich zur Täterin und dich zum Opfer? Linus, zeig du mal dem Papa, wo oben und unten ist.« Linus schüttelte den Kopf und drehte sich weg.

Lydia funkelte Karl zornig an, dann drehte sie sich um und ging wutentbrannt ins Kinderzimmer. Linus versuchte sich nochmal zu seinem Vater umzudrehen, konnte aber der Wucht von Lydias Schritt nicht widerstehen.

Fahles Licht vom Mond drang in die Küche, aber zu schwach, um einen klaren Schatten zu erzeugen. Karl tigerte hin und her. Von links nach rechts, von rechts nach links und konnte doch nichts anderes denken, als dass Homer seinetwegen im Krankenhaus lag. Was, wenn die Ärzte den Kampf um sein Leben verloren? Er überlegte, sich der Polizei zu stellen. Linus wollte Polizist werden, seit sie mit dem Kindergarten einen Ausflug zur Polizei gemacht hatten. Zum Abschied hatte jedes Kind eine Tasche und einen Aufkleber mit dem Aufdruck *Die Polizei dein Freund und Helfer* bekommen.

Aber für ihn wäre die Polizei in diesem Fall wohl weder das eine noch das andere, dachte Karl. Und ob Lydia, Linus und Frau Kircheisen geholfen wäre, wenn er sich der Polizei offenbarte, war auch etwas, das in Frage gestellt werden durfte. Womöglich war sie Freund und Helfer der Gerechtigkeit. Ein Schüler hatte mal gesagt, das Wort Ge(h)rechtigkeit meine, dass das Recht mal hierhin, mal dorthin gehe. Meistens aber würde es sich doch verlaufen. Es war nicht so, dass Karl den Satz für besonders unklug hielt. Was hieße in seinem Fall Gerechtigkeit? Wahrscheinlich könnte man ihm von Rechts wegen kaum mehr als Sachbeschädigung vorwerfen, und damit käme zur Schuld noch die Scham, dass die Strafe der Schuld nicht das Wasser reichen könnte.

Karl wusste nicht, wie spät es war, als er sich im Wohnzimmer in den Teppich einrollte. Es interessierte ihn auch nicht.

Er wachte mit Kopfschmerzen auf. Für einen Moment hoffte er, dass er nur schlecht geträumt hätte, aber ihm war klar, dass er sich dann nicht in Kleidern in einem Teppich eingerollt vorgefunden hätte.

Linus hatte ein Bild gemalt und auf den Esstisch gelegt: zwei große Menschen und ein kleiner, die sich an den Händen halten. Alle haben lachende Gesichter. Über die Figuren hat er in krakeliger Schrift geschrieben: Papa, Mama, Linus.

Seit Stunden hatte Karl nicht mehr auf sein Smartphone geschaut. Er spürte es in seiner Hosentasche und fühlte sich nicht in der Lage, es herauszuholen. Er müsste Karoline schreiben, ihr mitteilen, dass er nicht kommen könne. Aber die Angst, dass Karoline ihm geschrieben haben könnte, lähmte ihn. Jedes Wort von Karoline war ein Versprechen auf Glück gewesen, das ihm nun nicht mehr zustand. Karl fühlte sich weder in der Lage, Karolines Nachrichten zu lesen, noch ihr zu schreiben. Ihren Worten fühlte er sich nicht mehr gewachsen, und seinen eigenen Worten war das Vermögen abhandengekommen, ein Herz zu malen.

Der Tag lag offen vor ihm, er hatte keine Verpflichtungen, und dennoch war es so, dass Karl keinerlei Gestaltungsmöglichkeiten für den Tag sah. Es gab nur einen Weg für ihn, und der führte ins Krankenhaus. Er war sich nicht sicher, ob das Homer helfen würde, aber es war das einzige, was er tun konnte. Er überlegte, ob er versuchen sollte, Lydia zu erreichen, aber was konnte er ihr ohne Worte sagen?

Er wollte Boden unter den Füßen und lief zu Fuß. Unterwegs beschloss er, einen Abstecher zum Fahrradladen zu machen. Tatsächlich hatte der noch geöffnet. Karl schaute durch das Schaufenster und sah den Fahrradmonteur auf einem kleinen Hocker sitzen. Vor ihm ein Herrenfahrrad an einem Montageständer. Karl sah keine Kundschaft im Laden und trat ein. Der Mann sah auf und nickte ihm zu. Karl stand unschlüssig herum, schaute sich im Laden um und sagte nichts.

»Sie melden sich, wenn ich Ihnen helfen kann«, sagte der Mechaniker und wandte sich wieder dem Fahrrad zu. Karl registrierte, dass er die Hinterradbremse justierte.

»Ich würde Sie gerne etwas fragen, was aber gar nichts mit Fahrrädern zu tun hat«, sagte Karl.

»Das ist interessant«, sagte der Mechaniker und fuhr unbeirrt mit seiner Arbeit fort. »Meiner Erfahrung nach gibt es kaum etwas, das nicht mit Fahrrädern zu tun hat.«

»Obst und Gemüse?«, fragte Karl.

»Lässt sich beides gut mit dem Fahrrad transportieren und ist eine sinnvolle Verpflegung bei jeder Tour.«

»Krankenhaus?«

»Landet man schnell, wenn das Rad nicht in Ordnung ist.«

Karl nickte. »Wenn man etwas richtig Blödes gemacht hat, was macht man dann?«

Der Mechaniker legte seinen Schraubendreher auf den Boden und sah Karl fest in die Augen.

»Beim nächsten Mal etwas nicht so Blödes tun. Das wäre gut. Aber ehrlich gesagt, habe ich keine Hoffnung, dass Ihnen das gelingt.«

»Warum nicht?«, fragte Karl.

»Weil es anderen auch nicht gelingt, sonst hätte ich nämlich nicht so viel zu tun.« Karl schaute den Mechaniker fragend an, und es war offensichtlich, dass er nicht verstand, was dieser meinte.

»Wissen Sie«, sagte der Mechaniker, »zu mir kommen jeden Tag Menschen, die etwas Blödes getan haben, die haben nämlich ihr Fahrrad nicht gepflegt. Die bringen mir ihre verdreckten Teile und behaupten, sie seien kaputt, dabei wären sie meistens ziemlich in Ordnung, wenn man ihnen etwas Liebe angedeihen ließe. Ich kümmere mich also um diese armen vernachlässigten Dinger, die einst Fahrräder waren oder welche hätten sein sollen, und wenn die Leute kommen, um sie abzuholen, rate ich ihnen, ihre Räder zu pflegen, dann hätten sie mehr Freude an ihnen. Manchmal erkläre ich ihnen sogar noch, wie sie ihre Räder pflegen sollen. Aber alles für die Katz. Ich frage mich, wozu die Menschen Ohren haben, zum Hören jedenfalls nicht. Irgendwann stehen sie nämlich wieder bei mir im Laden, und es reicht ein kurzer Blick, um festzustellen, dass sie meine Ratschläge ignoriert haben. Vollkommen ignoriert. Sie sind genauso blöd geblieben, wie sie vorher waren, vielleicht schon immer gewesen sind. Ich weiß es nicht. Die Menschen sind eine traurige Geschichte, wenn man es recht betrachtet. Zu mir kommen lauter Blöde, das habe ich im Laufe des Lebens gelernt, dass ich auf nichts anderes zu hoffen brauche. Lange dachte ich, ich sei Fahrradmechaniker, aber in Wirklichkeit bin ich eine Anlaufstelle für Blöde. Als ich angefangen habe, dachte ich, herrje, das gibt es doch nicht, so viele Blöde auf der Welt. Aber jetzt habe ich mich damit abgefunden. Helfe ich halt den Blöden. Das kann ja auch nicht jeder. Ich denke, ich bin ein Auserwählter, das macht vieles leichter.« Er nahm den Schraubendreher in die Hand und widmete sich wieder der Bremse.

Als Karl den Laden verlassen hatte, war er überzeugt, dass der Fahrradmechaniker ein glücklicher Mensch war.

Im Krankenhaus fragte Karl nach Homer Kircheisen. Man teilte ihm mit, dass Homer auf der Intensivstation läge. Karl ließ sich den Weg erklären und während er langen Gängen mit farbigen Markierungen folgte, wurde sein Schritt immer langsamer. Er war unsicher, ob er hier tatsächlich sein sollte. Vor der Intensivstation gab es einen kleinen Wartebereich, in dem man sich aufhalten konnte. Frau Kircheisen saß dort. In ihren Händen hielt sie einen Pappbecher aus einem in der Nähe stehenden Wasserspender. Karl wollte umdrehen, aber sie hatte ihn schon bemerkt.

»Herr Löffelhans.« Ihre Stimme klang erstaunt, vielleicht auch ein wenig erschrocken.

»Ich wollte mich nach Homer erkundigen«, sagte Karl entschuldigend. Auch, wenn es stimmte, klang es in seinen Ohren wie eine Lüge.

»Die Ärzte sind bei ihm«, sagte sie schulterzuckend. »Ich darf im Moment nicht zu ihm. Bitte setzen Sie sich doch.« Mit einer Handbewegung bat sie Karl, neben ihr Platz zu nehmen.

»Ich freue mich, dass Sie da sind. Ehrlich gesagt, bin ich auch ein bisschen erstaunt.«

»Ich mag Homer«, antwortete Karl. »Es hat mich tief getroffen, als Sie gestern erzählten, was passiert ist.«

»Homer mag Sie auch, Herr Löffelhans. Er freute sich immer, wenn wir Sie getroffen haben.«

»Bin ich eigentlich der einzige, der die Rätselfragen nicht lösen konnte?«

Frau Kircheisen nickte. »Ich muss zugeben, die meisten haben nach dem ersten Mal das Prinzip verstanden.«

»Oje«, sagte Karl, »bin ich also ein offensichtlicher Idiot.«

Frau Kircheisen lachte auf. »Ach, Herr Löffelhans, ich sollte Ihnen das gar nicht sagen, aber wir haben so viel gelacht, Homer und ich.« Sie nahm Karls Hand und sagte: »Homer war so froh, dass es Sie gibt. Sie waren eine Art Vorbild für ihn.«

»Vorbild? Wie meinen Sie das?« Karl vermied es, auf seine Hand zu schauen, die Frau Kircheisen gegriffen hatte. Er wollte nicht, dass sie dachte, es sei ihm unangenehm, obwohl es genau das war. Immerhin war er verantwortlich dafür, dass sie von den Umständen, die dazu geführt hatten, dass sie hier saß, keinen blassen Schimmer hatte.

»Homer wusste, dass er anders war, als die anderen Kinder. Er sagte öfter, der Herr Löffelhans ist auch anders.«

»Wie kam er darauf?«, unterbrach Karl.

»Weil Sie erwachsen sind, aber nicht wie die anderen Erwachsenen die Rätselfragen lösen konnten, dachte er, Sie seien so etwas wie ein Bruder im Geiste. Ich sagte, der Herr Löffelhans ist nicht anders, Homer. Aber er sagte, doch, ist er.«

»Aber für was war ich ein Vorbild?«

»Sie haben eine Frau und ein Kind, eine Familie. Homer wünscht sich das. Er dachte, wenn Sie das geschafft haben, dann schafft er das auch.«

Karl schwieg. Er wollte gehen, wusste aber nicht, wie er es anstellen sollte. Es schien ihm nicht in Ordnung, Frau Kircheisen alleine sitzen zu lassen. Noch immer lag seine Hand in der Hand von Frau Kircheisen. Er durfte sie nicht wegziehen, wenn er Frau Kircheisen nicht brüskieren wollte, aber sie in ihrer Hand zu lassen, war etwas, das ihn immer größere Abscheu vor sich selbst empfinden ließ. Karl sah die dünnen, zierlichen Finger, die sich fest um seine Hand krümmten. Frau Kircheisens Finger waren kalt, die Angst um Homer und die kühle Atmosphäre des Krankenhausflurs verlieh ihnen eine Kälte, dass es Karl nicht wunderte, wenn sie sich doch auf einmal als metallene Gitterstäbe entpuppen würden. Karl erhaschte einen Blick auf ihre Armbanduhr. Es war kurz nach drei.

Karl dachte an Karoline. In wenigen Minuten erwartete sie ihn am Bahnhof. Wenn er ihr doch schriebe? Dass etwas dazwischengekommen sei? Aber wäre nicht jedes Wort, das nicht klar formulierte, was er getan hatte, eine Verniedlichung seiner Tat? Und würde Karoline sich mit wolkigen Umschreibungen zufrieden geben? Nein, Karl wusste, dass er sich ihr nicht mehr zumuten durfte, aus ihrem Leben verschwinden musste.

»Ich heiße Simone«, sagte Frau Kircheisen plötzlich, ließ seine Hand los und streckte Karl ihre Hand entgegen. »Es ist irgendwie komisch, zusammen im Krankenhaus zu sitzen und sich zu siezen, oder?« Sie lächelte schüchtern. Karl nahm ihre Hand und wusste im gleichen Augenblick, dass sie nie, nie erfahren durfte, was er getan hatte.

»Karl«, sagte er und lächelte ebenfalls. Er konnte jetzt nicht gehen, ohne das Du wenigstens etwas zu würdigen.

»Wie bist du auf den Namen Homer gekommen, Simone?«, fragte er.

»Eine Idee seines Vaters. Wir wussten, dass Homer besonders sein würde, da wollte sein Vater, dass wir ihn nach dieser Comicfigur Homer Simpson benennen. Der Name sei cool. Wenigstens das, meinte er.«

»Darf ich dich fragen, was mit dem Vater ist?«

Simone Kircheisen atmete hörbar aus. »Er wollte dann doch lieber etwas Normales. Er hat es natürlich anders ausgedrückt. Er sagte, er schaffe das nicht. Er schaffe das alles nicht.«

Karl hörte Schritte auf dem Flur. Zwei Frauen, die sofort auf Frau Kircheisen zusteuerten, als sie sie erblickten. Frau Kircheisen sprang auf, umarmte die beiden und sagte, wie sehr sie sich freue, dass sie gekommen seien. Sie wiederholte, dass sie im Moment noch nicht zu Homer könne, man würde ihr Bescheid geben, im Moment seien noch Ärzte bei ihm. Die beiden Frauen schauten zu Karl, der auf der Bank saß und sich sichtlich unwohl fühlte.

»Das ist Karl, also, Herr Löffelhans, ein … ein Freund von Homer … und mir.« Karl stand auf, die beiden Frauen nickten und gaben Karl die Hand. Es entstand eine unangenehme Stille. Alle vier standen im Kreis, und doch konnte es sich nicht eckiger anfühlen.

»Ich muss jetzt auch gehen, Frau Kircheisen«, sagte Karl.

»Simone«, sagte sie, »es bleibt bei Simone, bitte.« Sie umfasste Karls Hand mit beiden Händen und schüttelte sie. »Vielen Dank, dass du gekommen bist, Karl.«

»Gern«, sagte Karl, fand, dass es das falsche Wort war, murmelte den beiden Frauen ein Auf Wiedersehen zu, fand aber auch das falsch.

An der Pforte fragte er nach einem Stift und einem Zettel, notierte seine Mobilnummer und rannte die Gänge zurück bis zur Intensivstation. Seine Stirn glänzte und sein Atem ging keuchend, als er Frau Kircheisen und ihre Freundinnen erblickte.

Frau Kircheisen schaute irritiert. »Hast du etwas vergessen, Karl?« Karl drückte ihr den Zettel in die Hand. »Bitte sagen Sie mir Bescheid, wie es Homer geht. Es ist mir sehr wichtig, bitte.«

Er lief durch die Straßen ohne zu wissen, wohin er wollte. Er wollte nirgendwohin, aber das war schwer zu finden, und bevor man es findet, tun einem die Füße weh.

Zu Hause empfing ihn Stille. Eine Stille, die zu laut war, als dass Karl sie nicht in jeder Ecke der Wohnung gehört hätte. Karl wunderte sich, dass Lydia und Linus noch immer nicht zu Hause waren, und doch hatte er das Gefühl, dass sie zwischendurch da gewesen sein mussten. Es standen zwei Wassergläser in der Spüle, die seines Erachtens am Morgen noch nicht da gestanden hatten. Und die Luft war eine andere, so kam es Karl vor, eine zurückgezogene, leere Luft, wie man sie oft nach dem Abschied eines Besuchs spürt. Und doch dauerte es eine Weile, bis er den Zettel von Lydia fand. Sie hatte ihn im Schlafzimmer deponiert. Karl überlegte, was der Grund dafür gewesen sein konnte, ob sie gewollt hatte, dass Karl ihn erst spät entdeckte, oder ob sie den Zettel vor Linus geheim halten wollte.

Hallo Karl,
ich habe erfahren, dass der Sohn von Frau Kircheisen im Krankenhaus liegt. Wahrscheinlich war sie deshalb gestern in Tränen aufgelöst. Aber als ich dich fragte, was los sei, sagtest du, es sei nichts. Ich habe die ganze Nacht überlegt, wie diese zwei Dinge in Verbindung stehen könnten. Es ist mir nicht gelungen.

Wir sind zu meinen Eltern gefahren. Bitte ruf mich nicht an.

Lydia

Karl setzte sich aufs Bett. Er war verlassen, aber nicht allein. Die Schuld war geblieben, sie würde bleiben, aber sie ließ sich nicht umarmen. Karl stand auf und stellte sich ans Fenster. Es war dunkel geworden. Nur einen schwachen Schimmer Mondlicht nahm er wahr. In den Häusern brannte Licht, und vereinzelt fuhren Autos die Straße entlang. Karl beobachtete das ereignisarme Treiben auf der Straße und war sich nicht sicher, ob er noch Teil dieser Welt war. Er streckte seinen Arm aus und berührte das kalte Fensterglas.

War das die Wirklichkeit, wenn man sie als unwirklich wahrnahm? Hätte man Karl in diesem Moment gefragt, wie er sich fühlte, er hätte wohl die Schultern gezuckt. Er fühlte nichts, was er in Worte fassen konnte. Wer war man, wenn man sich nicht mehr verstand?

Karl öffnete das Fenster, spürte den kühlen Luftzug, blieb stehen und hoffte, irgendwann von der Dunkelheit ganz eingenommen zu werden. Vielleicht könnte er sich vergessen, um nicht das zu sein, was er getan hatte.

Er war müde, sein Geist war müde, seine Füße waren müde, aber er blieb stehen und beobachtete, wie Fenster um Fenster um ihn herum dunkel wurde.

Der Boden unter ihm fing an sich zu bewegen, und er musste sich konzentrieren, um die Balance nicht zu verlieren. Manchmal nahm er das Fensterbrett zu Hilfe, hielt sich daran fest, wie ein Seemann bei stürmischer See am Steuerrad. Es fiel ihm schwer, die Augen offen zu halten, aber noch war er nicht bereit, aufzugeben. Irgendwann hörte er aus der Ferne die laute Stimme von Homer. Erst jetzt fiel ihm auf, dass Homer so laut war wie seine alte Kaffeemaschine von Gaggia. Eine Stimme, die man nicht weghören konnte, ähnlich dem Krach, wenn die Gaggia aufheizte, die Pumpe anfing zu vibrieren und durch die Vibration der Pumpe der Deckel vom Wasserbehälter zu klappern begann. Isoliert betrachtet waren Homers Stimme und die Gaggia eine Herausforderung, gelassen zu bleiben, aber wenn man bedachte, was nachfolgte, ertrug man die Stimme und auch die Gaggia mit einem Lächeln.

Homer zeigte mit dem Finger auf Karl und schrie etwas, das klang wie: »So blöd wie du kann man doch nicht sein.«

»Doch«, lachte Karl, »es ist so. Deshalb komme ich auch nicht mit meiner Kaffeemaschine zurande. Du bist doch Elektriker, kannst du mal schauen?«

Aber Homer schüttelte den Kopf und sagte nur: »Die hat den Geist aufgegeben, die ist doch längst über den Jordan, bevor ich die zum Laufen bringe, habe ich schon ins Gras gebissen. Nein, nein, da ist alles zu spät, die ist komplett hinüber, verreckt, abgenippelt, hat den Löffel abgegeben und das Zeitliche gesegnet, ist von uns gegangen und kehrt nie wieder.«

»Kein Hoffnungsschimmer?«, fragte Karl.

»Wann stirbt die Hoffnung? Das weißt du, oder?«

Karl nickte. »Zuletzt, ja, das weiß ich. Aber zuletzt ist ja schon vorbei. Wann habe ich zuletzt auf mein Smartphone geschaut?«, fragte sich Karl.

Homer verschwand, ohne sich zu verabschieden. Karl meinte das Telefon zu hören, war sich aber nicht sicher, ob er sich das nicht nur eingebildet hatte. So oder so, es war ihm egal. Ihm kam sein Vater in den Sinn. Gleich in der Frühe würde er zu ihm gehen, ihm sagen, dass er recht hatte. Dass eine Lüge tatsächlich wichtiger als die Wahrheit sein konnte. Er hatte seinem Vater unrecht getan, und er würde sich dafür entschuldigen.

Wer war man, wenn man sich nicht mehr verstand? War er jemals der Mensch, der er zu sein geglaubt hatte, oder nur der Anschein dieses Menschen? Wie konnte sich alles so schnell verändern? Der Mond verschwand hinter Hausdächern, das letzte Licht ging in die Dunkelheit über, die Grenzen, die gerade noch zu sehen waren, wurden zu Abstufungen, verschwammen, und es war nicht mehr zu erkennen, wo ein Anfang und ein Ende war. Aber jede Nacht fand ein Ende, wenn die Morgendämmerung anbrach und mit zunehmendem Licht wieder alles klarer wurde. Das Alte war nicht verschwunden, sondern wieder sichtbar. Man wurde nicht neu geboren, konnte sich nur neu erfinden. Und dennoch: War man dann vielleicht wieder nur der, der man zu sein glaubte? Ein Brunnenfrosch, der glaubt, über den Ozean sprechen zu können?

Das Telefon läutete. Karl war sich jetzt sicher, dass das Klingeln real war. Er überlegte kurz, aber es gab niemanden, mit dem er sprechen wollte. Er nahm nicht ab. Auch beim nächsten Klingeln nicht.

In den frühen Morgenstunden ging er in die Küche und stand einige Minuten ratlos vor der Kaffeemaschine. Er schaltete sie nicht ein und trank stattdessen ein Glas Wasser. Der Wunsch nach Klarheit erfüllte sich nicht. Er duschte und rasierte sich, und merkte, dass er sich säubern, aber nicht reinigen konnte.

Es war halb zehn, als Karl aufs Fahrrad stieg. Er gehörte nicht zu den Blöden. Er pflegte sein Fahrrad, es war in Ordnung, die Reifen aufgepumpt, die Kette geölt, die Bremsblöcke frisch, und am Rahmen backten keine Erdklumpen fest. Er wurde immer schneller, immer fester trat er in die Pedale. Er beugte sich tief über den Rennradlenker, und in seinen Ohren rauschte der Wind so laut, dass er für einen Moment alle anderen Gedanken auslöschte. Endlich, dachte Karl, endlich. Er schaltete in den höchsten Gang und trat so fest in die Pedale, wie er nur konnte. Häuser, Autos, Straßenschilder, Gartenhecken, Ampeln, Menschen flogen auf ihn zu und an ihm vorbei. Er ließ sie hinter sich, warum nicht auch alles andere? Der Schweiß trat ihm auf die Stirn. Seine Beine bewegten sich wie eine ratternde Nähmaschine. Löcher konnten genäht werden, Wunden heilen, war es nicht so?

Die Überraschung des rauschenden Windes in seinen Ohren nahm ab, Gedanken kamen auf, Erinnerungen und Ängste im Schlepptau. Er versuchte, sie abzuschütteln, ihnen auszuweichen, duckte sich tiefer über seinen Lenker. Ihm war, als sei er in einen Meteoritenhagel geraten. Er kniff die Augen zusammen, fing an, Schlangenlinien zu fahren, um das Rauschen wieder einzufangen. Die Oberschenkel fingen an zu brennen, er ging aus dem Sattel, um mehr Kraft auf die Pedale zu bringen. Von irgendwoher drangen Schreie zu ihm. Immer lauter, gellender, aber woher kamen sie? Und dann passte die Lenkbewegung nicht mehr zu seiner Geschwindigkeit, er merkte, wie sich das Vorderrad quer stellte, er griff in die Bremsen, das Hinterrad blockierte, er flog über den Lenker.

Im ersten Moment war er sich nicht klar darüber, was passiert war. Er lag auf dem Boden, aus der Nase tropfte Blut, das Fahrrad lag ein paar Meter weit weg, und um ihn herum stand eine Menschentraube, die in unterschiedlicher Tonlage auf ihn einredete.

Sein linkes Knie schmerzte, und seine beiden Hände waren großflächig aufgeschürft. Er betrachtete die kleinen schwarzen Steinkiesel, die sich in die blutigen Handflächen gebohrt hatten, und war sich im ersten Moment nicht sicher, ob er nicht tatsächlich in einen Meteoritensturm geraten war. Es standen etwa zehn Menschen um ihn herum. Alle, so schien es ihm, bewegten ihre Lippen und bedrängten ihn wortreich, und dennoch war alles, was er hörte, die Fragen, ob er wahnsinnig sei und ob er Hilfe benötige. Zu seinem Bedauern erfuhr Karl wenig Vielfalt in der Beurteilung seines Unfalls. Karl hätte auf Inspirierenderes gehofft, zum Beispiel hätte ihn jemand fragen können, ob seine Fahrt trotz des Unfalls eine gute Erfahrung gewesen sei oder wie man ermessen könne, ob ein Unfall glimpflich verlaufen sei. Ob glimpflich alles war, was nicht das am Schlimmsten Anzunehmende war? Das hätte ihn ins Grübeln bringen können. Wahnsinnig war er nicht. Er schüttelte den Kopf und fragte sich dennoch, was passieren würde, wenn er die Frage bejahen würde. Ob dann jemand sagen würde, ja, das habe ich mir gedacht, oder: Ich kannte auch mal jemanden, der wahnsinnig war, oder: Schade, das tut mir leid.

Jemand reichte ihm ein Taschentuch und empfahl ihm, ins Krankenhaus zu gehen, um sicherzustellen, dass er keine inneren Verletzungen habe. Er glaube nicht, dass man das im Krankenhaus feststellen könne, sagte Karl und stand unter Schmerzen auf. Es gehe ihm gut, beteuerte er, hielt mit einer Hand das Taschentuch unter die Nase und nahm mit der anderen das Fahrrad, das ihm ein junger Mann hinhielt. Er versuchte, seinen ersten Schritten den Schmerz, die sie ihm bereiteten, nicht anmerken zu lassen. Das Vorderrad hatte einen Achter und schleifte bei jeder Umdrehung. Der Lenker war verbogen, und das Vorderlicht baumelte an einem Kabel. Es strengte Karl an, das Fahrrad zu bewegen, es wollte sich kaum in die Richtung schieben lassen, in die Karl wollte. Seine Handflächen fingen an zu brennen, und der Schmerz in seinem linken Bein zog hoch in den Bauch. Er ließ das Taschentuch fallen, hielt sich mit beiden Händen am Lenker und quälte sich in gebückter Haltung Richtung Pflegeheim.

Narisara schlug die Hände über dem Kopf zusammen, als sie ihn sah.

»Ich bin gestürzt«, sagte Karl und in seiner Stimme vibrierte die Übelkeit, die ihn befallen hat. »Es geht mir gut«, fügte er hinzu, »ich wollte zu meinem Vater.«

Narisara fing an zu schluchzen und schüttelte den Kopf. Dann nahm sie Karls Hände und betrachtete die blutigen Handflächen.

»Kommen Sie«, sagte sie, »das zuerst.« Sie fasste Karl vorsichtig am Oberarm und halb schob sie ihn, halb zog sie ihn hinter sich her ins Schwesternzimmer. Sie bedeutete ihm, auf einem Stuhl Platz zu nehmen. Narisara tupfte seine Hände behutsam sauber, desinfizierte sie und verband sie anschließend. Seine Nase wischte sie mit einem Waschlappen sauber und versorgte vorsichtig die Schrammen auf Wangen und Stirn. »Wir haben versucht, Sie anzurufen«, sagte sie mit leiser Stimme, während Karl seine weiß verpackten Hände betrachtete. Nur die Fingerspitzen schauten hervor.

»Ihr Vater«, begann sie und dann kamen ihr erneut die Tränen.

»Kann ich zu ihm?«, fragte Karl.

»Wir haben mehrfach versucht, Sie zu erreichen, aber Sie sind nicht ans Telefon gegangen.«

Karl nickte, erhob sich vom Stuhl und wiederholte, dass er nun zu seinem Vater wollte.

Karls Vater lag in seinem Bett, als würde er schlafen. Sein Mund war offen, und Karl war dankbar, dass der Tod nicht alles veränderte. Karl hatte seinen Vater oft mit offenem Mund schlafend vorgefunden. Seine Hände lagen gefaltet auf der Bettdecke. Zwischen den Fingern steckte eine Blume.

»Er war ein guter Mann, Ihr Vater«, sagte Narisara und strich Karls Vater über die Stirn. »So höflich, sagte immer Danke und Bitte.«

»Er wollte neulich von Ihnen wissen, ob Sie ihn gernhaben. Was haben Sie ihm geantwortet?«

Narisara schaute Karl erstaunt an, als verstünde sie die Frage nicht. »Dass ich ihn gernhabe natürlich.«

Karl fühlte, wie die Übelkeit in ihm aufstieg. Er wollte sich setzen. Langsam ging er zu dem Sessel und ließ sich erschöpft hineinfallen. Er fühlte seine Stirn, war aber unsicher, ob sie sich heiß oder kalt anfühlte, und erst dann fiel ihm ein, dass er durch den Verband nichts spüren konnte.

»Sie sollten zu einem Arzt, Herr Löffelhans«, sagte Narisara.

Karl schüttelte den Kopf. »Es ist nur etwas viel, gerade.« Plötzlich musste er laut auflachen, als sei ihm plötzlich etwas bewusst geworden, was er nie für möglich gehalten hätte. Ein heftiger Schmerz fuhr ihm durch die Rippen, und es kostete ihn große Anstrengung, das Lachen und die durch den Schmerz erforderliche Ausgleichsbewegung als plausiblen Bewegungsablauf erscheinen zu lassen.

»Warum natürlich?« Er drehte seinen Kopf zu Narisara, die noch immer neben seinem Vater am Bett stand. »Sie sagten, Sie hätten meinen Vater natürlich gern.«

»Die Menschen, die hier wohnen müssen, sind schwach. Einen Menschen gernhaben macht ihn stark. Das ist doch natürlich, oder?«

Karl nickte. »Und dann sterben die, die man gernhat, trotzdem.«

»Aber sie sterben stark und nicht schwach. Das ist großer Unterschied«, sagte Narisara.

»Ich würde gern noch ein bisschen hier sitzen bleiben, wenn ich darf«, sagte Karl. Nachdem Narisara das Zimmer verlassen hatte, zog sich Karl einen Stuhl heran und legte seine Beine darauf. Er hoffte, so etwas Entlastung für seine Schmerzen zu erfahren.

Die Position tat ihm gut, die Schmerzen beruhigten sich, und am liebsten wäre er sitzen geblieben und hätte ein paar Stunden geschlafen. Aber der Tod war zu anwesend, als dass Karl zur Ruhe gefunden hätte. Es war seltsam, Karl hatte sich oft gewünscht, dass sein Vater gehen könne, aber jetzt, da er tatsächlich gegangen war, fühlte Karl sich von ihm verlassen.

Auf dem Tisch stand noch ein Glas Wasser seines Vaters. Karl betrachtete es lange, als wäre es eine Antwort. Früher hatte er sich gewünscht, ein Glas immer als halbvoll und nicht als halbleer betrachten zu können, aber inzwischen kam es ihm so vor, als sei dieser Spruch von halbleer und halbvoll nichts anderes als eine säuerlich schmeckende Lebensweisheit von Menschen mit genügend Münzen im Geldbeutel für Menschen, die nicht genügend Münzen hatten. Der Spruch hieß nichts anderes als: Reg dich nicht auf, dass nichts in deinem Geldbeutel klingelt, immerhin hast du einen Geldbeutel. Letztlich, dachte Karl, ging es nämlich nur darum, ob genügend Flüssigkeit im Glas war, dass es den Durst löschte. Wenn sie nicht ausreichte, musste man nachschenken, egal ob halbvoll oder halbleer. Karl stellte sich vor, dass jeder Mensch mit einem großen Glas reinen Quellwassers auf die Welt kam, und das Leben schmeckte großartig. Dann bekommst du zwei Aufgaben zugeteilt: deinen Platz in der Welt zu finden und deinem Leben eine Gestalt zu geben, welche es sinnhaft erscheinen lässt. Keine große Sache, denkt man, man muss nur klar denken, den kleinen Geist zu einem großen Geist machen.

Aber wie denkt man sich zu einem großen Geist, wenn man nicht weiß, wo der kleine endet und der große anfängt? Woher weiß der Brunnenfrosch, ob er den Ozean entdeckt hat oder nur Zeuge einer Überschwemmung geworden ist?

Die Handlungen, die man im Laufe eines Lebens vornimmt, verlieren ihre Unschuld, weil man vergisst, dass alles, was man bei Licht betrachtet auch im Dunkeln geprüft werden muss, weil alles, was man für sinnvoll erachtet, irgendwo oder irgendwann für irgendwen schlecht sein muss, weil sich keine Unschuld offenbart, ohne dass im Verborgenen eine Schuld lauert. Das Lebenswasser wird von Tag zu Tag trüber, verliert an Geschmack, wird bitter und abgestanden, und die Erfrischungskraft, die es einst hatte, bildet man sich mehr und mehr ein, als dass man sie noch spürt. Vielleicht ist es kein Zufall, dass alte Menschen immer weniger trinken wollen.

Auch Karl hatte keinen Durst, obwohl sein Mund sich trocken anfühlte, und ein bitterer, leicht blutiger Geschmack sich seines Mundraums bemächtigt hatte. Karl vermutete, dass er sich beim Unfall womöglich auf die Zunge gebissen hatte. Tatsächlich fühlte sie sich seltsam schwer an, und wenn er versuchte, sie zu bewegen, kam es ihm vor, als läge ein Fremdkörper zwischen seinen Zahnreihen.

Karl entschied sich zu gehen. Zeit und Ort stimmten nicht mehr überein. Vielleicht war er zu lange da, dafür, dass er zu spät gekommen war. Vielleicht blieb er zu kurz, als dass der Ort sich mit der Zeit und mit Karl verbinden konnte. Karl wusste es nicht, es war ihm egal, er wollte gehen. Er war oft hier gewesen, ohne zu wissen, was er sich von den Besuchen erhoffte, und jetzt würde er keine Antwort mehr bekommen. Obwohl er es sich anders gewünscht hätte, merkte Karl, dass er das Bild seines toten Vaters als nicht wirklich empfand. Es kam ihm wie eine Fälschung vor. Die gefalteten Hände signalisierten eine Ordnung und Gelassenheit, die Karl verlogen vorkam. Sie war künstlich herbeigeführt worden, und die Blume, die nicht von ihm kam, konnte er nicht als Zeichen von Zuwendung sehen, sondern als Anklage:. Schau her, einen solchen Umgang hat er verdient, der Herr Löffelhans. Karl wollte nicht weiter schuldig gesprochen werden.

Die Trauer würde ihm aus der Distanz leichter fallen, so wie er womöglich auch aus der Ferne leichter lieben konnte.

Es fiel ihm schwer, sich aus dem Sessel zu erheben. Mühsam drückte er sich mit den Ellbogen an den Armlehnen hoch, um seine Hände zu schonen, aber es kam ihm so vor, als hätten die Schmerzen seinen Körper inzwischen vollständig erobert. Karl wusste schon nicht mehr, wo der Ausgangspunkt seiner Schmerzen gewesen war. Er würde sich lächerlich machen, wenn ein Arzt ihn fragte, wo es ihm wehtat, und er überall sagte. Karl wollte später einen Arzt aufsuchen, aber zuerst wollte er auf den Turm. Es war nicht so, dass er nicht oft erfahren hätte, dass sich manches aus der Höhe besser betrachten ließ. Es war ja ein Irrglaube, dass Türme nur Türme seien. Letztlich waren Türme nichts anderes als Sehhilfen, ähnlich wie Brillen, nur mit umgekehrter Wirkung: Was eben noch groß war, wirkte auf einmal klein, und was gerade noch nah gewesen war, wurde fern. Wahrscheinlich könnten die Krankenkassenbeiträge sehr viel niedriger sein, wenn Turmbesteigungen als therapeutische Maßnahmen anerkannt wären.

Narisara kam auf ihn zu, als er das Zimmer verließ. Sie lächelte ihn an und nahm im gleichen Augenblick das Lächeln so weit zurück, dass Karl bewusst wurde, wie präsent sie war, wie sehr sie die Zeiten in einem Moment vereinen konnte. In ihrem Gesichtsausdruck kam nicht nur der Tod von Karls Vater zum Vorschein, auch seine jetzige Unsicherheit und das Wissen um die Trauer, die einen ereilen wird, wenn man erst einmal verstanden hat, was eigentlich passiert war, wurden sichtbar. Es war mehr als ein freundlicher Blick, es war wie eine Antwort auf die Angst, die sie in Karls Blick wahrnahm: Bin ich allein?

Karl verstand mit einem Mal sehr gut, dass sein Vater sie gefragt hatte, ob sie ihn gernhabe.

»Hat mein Vater noch irgendetwas gesagt, bevor er gestorben ist?«, fragte Karl.

Narisara schüttelte den Kopf. »Gestern Abend hat er geweint.«

»Mein Vater hat geweint?«, fragte Karl ungläubig. »Warum?«

»Ich weiß nicht. Er wollte nicht reden. Er sagte, endlich.«

»Endlich? Warum endlich? Was meinte er damit?«

»Ich weiß nicht«, sagte Narisara, »er wollte, dass ich das Zimmer verlasse.«

»Können Sie ein Bestattungsinstitut informieren?«, fragte Karl, »eines mit guten Händen?« Er blickte auf seine zwei eingepackten Hände, streckte sie Narisara entgegen und sagte: »Anders kann ich sie Ihnen nicht geben.«

Trotz der Schmerzen bemühte sich Karl, so aufrecht wie möglich das Pflegeheim zu verlassen. Falls Narisara ihm hinterher sah, wollte er nicht, dass sie ihm in Gedanken noch mehr Verbände anlegte, als sie es schon getan hatte.

Ein eigenartiges Gefühl beschlich ihn, als sich die automatische Schiebetür hinter ihm mit einem knackenden Geräusch schloss. Sein Blick fiel auf das Fahrrad, das schräg an einer Stange lehnte und ganz abzurutschen drohte, wenn es nicht vom Fahrradschloss festgehalten worden wäre. Das Rad war kaputt, es sah müde aus, und unverkennbar wollte es sich zum Sterben hinlegen. Es sah jedenfalls nicht so aus, als wollte es noch einmal zum Fahrradhändler gebracht werden, der es ohnehin als Spielzeug verspotten und Karl als Blöden betrachten würde. Karl befreite das Fahrrad von seinem Schloss, und sofort rutschte es ein bisschen tiefer. Es würde nicht lange dauern, dann läge es auf dem Boden. Ein Sterben. Sein Vater. Das Fahrrad. Karl dachte an Homer und wollte es nicht.

Homer hatte immer einen Toten im Gepäck gehabt, und Karl kam es so vor, als würde nun er das Gepäck von Homer tragen. Nur dass der Tod sich von den Redewendungen befreit hatte und Wirklichkeit geworden war.

Zwischen den Häusern erblickte Karl den Kirchturm. Dort wollte er hin. Er hatte dort viele gute Gedanken entlassen, vielleicht würde er dort auch welche empfangen können. Ein stechender Schmerz fuhr ihm in die Leiste. Karl stöhnte auf. Er hatte gedacht, er hätte sich das Knie aufgeschlagen, und jetzt schmerzte seine Leiste. Warum konnte nichts mehr so sein, wie er es dachte? Jedenfalls wollte er sich nicht von den Schmerzen von seinem Plan abhalten lassen und machte sich auf den Weg. Er hoffte, dass er den Tod nun hinter sich ließ, aber er war durchdrungen von der Angst, ihm wieder entgegenzulaufen. Vielleicht könnte er Karoline schreiben. Karl fühlte sich lebendig, wenn er ihr schrieb. Vielleicht konnte sie ihm etwas Leben zurückgeben. Und wenn es auch nur auf seinem Display aufleuchtete.

Karl keuchte bei jedem Schritt. Mühsam schleppte er sich die enge Wendeltreppe hoch. Eine Stufe nach der anderen. Um die pochenden Schmerzen in seinem linken Bein erträglicher zu machen, ließ er das Bein gestreckt und zog es hinterher. Wie oft war er schon hier hoch gegangen, hatte zwei Stufen auf einmal genommen, und jetzt verursachte schon die Wendeltreppe einen Schwindel, dass er mehrfach stehenbleiben und tief Luft holen musste. 333 Stufen und jede einzelne erinnerte ihn daran, wie müde er war. Karl hielt sich mit seinen unverpackten Fingerspitzen am Geländer fest und versuchte bei jedem Schritt, sich ein kleines Stück daran hochzuziehen. Er strengte sich an. Und doch kamen ihm Zweifel. Zwar nahm er Stufe für Stufe, kam Schritt für Schritt höher, aber warum kam es ihm so vor, als liefe er im Kreis? Wie ein Korkenzieher. Immer herum und herum. Drehte er sich in etwas ein oder aus etwas heraus? Warum sagte ihm niemand, was Sache war?

Lydia, dachte er, war er auch mit ihr immer nur im Kreis gelaufen? Vielleicht hätten sie schneller laufen sollen, dann wäre es ein Tanz geworden, kein Schwindel, sondern beschwingter Taumel. Warum hatte ihm das nie jemand gesagt, oder hatte er es bloß vergessen? Oder hatte er es gar für falsch befunden? Das Drehen im Kreis als Tanz um eine Mitte empfunden, in der betäubt ein großer Wille steht? Immer wieder musste er stehenbleiben, Pausen einlegen, den Schweiß von der Stirn wischen, die Übelkeit wegatmen, den Schmerz durch Körperverrenkungen verlagern. Es kam ihm vor wie eine Ewigkeit, bis er endlich die Plattform erreichte.

Oben angekommen, setzte er sich auf den Boden und lehnte sich mit dem Rücken an die Steinmauer. Er war alleine auf der Plattform. Obwohl der Himmel doch blau war, fröstelte er. Für einen Moment schloss er die Augen. Was für ein Gewicht Augenlider doch haben, dachte er. Er musste zum Arzt. Das Atmen bereitete ihm Mühe, als ob ein Teil der Luft, die er einatmete, auf dem Weg zur Lunge verlorenging. Der Sturz war doch schlimmer, als er gedacht hatte. Wahrscheinlich hatte das viele Adrenalin ihn in die Irre geführt. Karl huschte ein Lächeln übers Gesicht, als ihm der Gedanke kam, dass er womöglich selbst in die Irre geführt worden war. Zwar war er dort, wo er sein wollte, aber es war nicht sein ursprüngliches Ziel gewesen.

Er zog den Pullover hoch und das T-Shirt aus der Hose und betastete die schmerzende Stelle etwas oberhalb seiner Leiste. Der Verband an seiner Hand war voller Blut. Vermutlich hatte er sich bei seinem Sturz den Lenker oder den Bremshebel in den Bauch gerammt. Aber so würde der Arzt tatsächlich etwas finden können, dachte Karl. Wie oft musste man den Ärzten beim Suchen helfen und dann fanden sie doch das Falsche. Diesmal könnte Karl dem Arzt sagen: »Äußern Sie sich nicht, sagen Sie nichts, fragen Sie auch nichts, stecken Sie sich kein Stethoskop in die Ohren und klopfen Sie mir auch nicht auf den Rücken. Es ist alles offensichtlich. Sehen Sie hier.« Und dann würde Karl seine Wunde zeigen und der Arzt bräuchte bloß zu nicken. Würde sich doch alles so offenbaren, worauf er zeigte. Er wünschte sich so sehr Antworten. Es kam ihm wie eine Erinnerung aus einer sehr fernen Zeit vor, dass er Unterricht nur noch mit Fragen gestalten wollte. Lydia und Karoline. Zwei Fragen. Wahrscheinlich war jeder Mensch eine Frage, und doch hofft man immer, er könnte eine Antwort sein. Karoline und Lydia. Konnte es sein, dass er die eine liebte und mit der anderen glücklich war?

Mit Mühe kramte er sein Smartphone aus der Tasche. Schwarz lag es auf dem weißen Verband seiner linken Hand. Karl fuhr mit den Fingerkuppen seiner rechten über das Display. Es hatte einen Riss, aber als er den Homebutton drückte, erwachte es. Der Akku war fast leer, trotzdem würde es vielleicht noch für eine Nachricht reichen, dachte Karl. Zwei Nachrichten wurden angezeigt. Eine SMS von Frau Kircheisen und eine Mail von Karoline. Er wollte erst die Nachricht von Karoline lesen und dann die SMS von Frau Kircheisen.

Lieber Karl,
am Bahnhof ist ein Kommen und Gehen. So viele Beine und alle sind in Bewegung, und wenn sie doch mal stehen, dann meist nur für kurze Zeit, bis der Zug einfährt, in den sie einsteigen wollen oder auf den Menschen warten, der aus diesem Zug aussteigt und mit dem sie dann zusammen den Bahnhof verlassen. Jemand, der über Stunden am Gleis steht, Züge einfahren und abfahren lässt, aber in keinen einsteigt, fällt auf. Er ist ein Fremdkörper, weil er

sich dem Bahnhofsgesetz des Kommens oder Gehens widersetzt. Dieser Jemand war ich. Ich blieb am Gleis stehen, weil ich wusste, dass Sie kommen würden. Ich stand einfach da und wartete. Es machte mir nichts aus zu warten, weil ich wusste, dass Sie kommen würden, und so voller Freude war. Ich merkte gar nicht, dass ich ungeduldig wurde, aber irgendwann fiel mir auf, dass ich in immer kürzeren Abständen mein Telefon kontrollierte, um zu schauen, ob eine Nachricht von Ihnen gekommen war. Irgendwann nahm ich doch auf einer dieser seltsamen Bänke Platz. Aber jedes Mal wenn ein Zug einfuhr, stand ich auf. Einfach deswegen, weil ich wollte, dass Sie mich am Gleis stehen sehen. Ich habe mir oft ausgemalt, wie es sein würde, wenn wir uns begegnen, ob wir langsam lächelnd aufeinander zugehen oder weinend aufeinander zustürmen würden, weil wir vor Sehnsucht unsere Tränen nicht zurückhalten könnten. Was ich mir nicht vorstellen wollte, war, dass Sie mich sitzend auf einem dieser Drahtgestelle, die die Bahn als Sitzgelegenheiten ausgibt, vorfinden. Ich wollte nicht, dass Ihr erster Eindruck wäre, ich sei müde.

Während die Züge auf dem Gleis einfuhren, langsamer wurden und schließlich stehenblieben, sah ich mich in den Fenstern der Waggons, wie ich auf dem Bahnsteig auf und ab lief, um mich warm zu halten, weil es kalt geworden war. Und mir kam das Gedicht *Der Panther* in den Sinn, von dem Sie mir neulich schrieben. Ich spiegelte mich in den dunklen Fenstern der Züge, die an mir vorbeirauschten, und es kam mir vor, als liefe ich wie der Panther in dem Gedicht unruhig hin und her, und mir war, als gab es tausend Fenster und hinter tausend Fenstern keine Welt. Auf einmal war dieses Gedicht so wirklich, so wahr, so furchtbar. Ich spiegelte mich in den Fenstern und fühlte mich verloren. In dem Gedicht heißt es, dass der Panther gefangen ist, aber ich glaube, er ist weniger gefangen als vielmehr verloren. Es ist nicht die Freiheit, die ihm genommen wurde, sondern die Welt. Man fühlt sich gefangen oder verloren. Ist nicht das zweite das Schlimmere?

Je verlorener ich mich fühlte, desto lächerlicher kam ich mir vor. Wie ein Kind, das ausgelacht wird, weil es dachte, es gäbe den Weihnachtsmann wirklich.

Aber ich wollte nicht aufgeben. Wer bin ich, dachte ich, dass ich mir die Welt, die unsere Worte erschaffen hatten, so einfach nehmen lasse? Also rief ich mir immer wieder die Bilder vor Augen, die durch unsere Gedanken geboren wurden und Gestalt angenommen haben. Doch immer drängender kam die Frage auf, warum Sie nicht kommen, warum Sie sich nicht melden. Und damit kam eine zweite Frage auf: Ob diese Bilder nicht eine Lüge waren. Keine Welt, nur der Anschein von einer.

Es kamen immer weniger Züge, und die Zeiten, die ich auf der Bank zubrachte, wurden länger. Ich saß dort und fror und wollte doch den letzten Zug abwarten. Eine ältere Frau kam auf mich zu und fragte mich, ob ich Hilfe bräuchte, ob sie jemanden benachrichtigen sollte. Ich schüttelte den Kopf und sagte, es sei alles in Ordnung. Kurz darauf kam sie wieder und stellte einen Kaffee und eine Brezel neben mich und sagte, wenn ich es nicht wolle, solle ich es einfach stehenlassen.

Als der letzte Zug einfuhr, blieb ich sitzen. Ich war müde, sehr müde sogar, und einen anderen Eindruck wollte ich auch nicht mehr machen. Sie saßen auch nicht in diesem Zug. Es stiegen nur noch sehr wenige Menschen aus, und wenige Minuten später war der Bahnhof leer und still. Ich blieb noch einen Moment sitzen und schloss die Augen.

Und die Bilder hörten im Herzen auf zu sein.

Hallo Karl,
die Ärzte sagen, Homer ist über den Berg.
Simone (Kircheisen)

Das Smartphone piepte, wurde schwarz und Karl schloss die Augen.

Bibliografische Information der Deutschen Nationalbibliothek
Die Deutsche Nationalbibliothek verzeichnet diese Publikation in der Deutschen Nationalbibliografie; detaillierte bibliografische Daten sind im Internet über http://dnb.d-nb.de abrufbar.

3. Auflage 2020

www.wallstein-verlag.de
Vom Verlag gesetzt aus der Stempel Garamond
Umschlaggestaltung: Stine Wiemann
Druck und Verarbeitung: Pustet, Regensburg

ISBN 978-3-8353-3577-6